FURIA ENTRE GIRASOLES

Una obra del escritor que nunca duerme

©2023

Arte digital: ©Yeifer Orozco

*«Hemos aprendido a volar como los pájaros,
a nadar como los peces;
pero no hemos aprendido el sencillo arte
de vivir como hermanos».*

*«Si yo supiera que el mundo se acaba mañana,
yo todavía plantaría un árbol».*

Martin Luther King (1929 - 1968)

Yeifer Orozco

Furia entre girasoles

1º Edición 11 de agosto de 2023

ISBN 13: 978-628-01-0488-1

Imágenes de Ángeles: By Gordon Johnson from Pixabay

linkedin.com/in/yeifer | threads.net/@yeiferxo | youtube.com/@yeifer

✉ bit.ly/m/correo
☐ bit.ly/m/telefono
◉ bit.ly/m/paradero

Advertencia

Esta obra se ha concebido para explorar los aspectos más oscuros y complejos de la existencia humana, donde se abordan el dolor, la angustia, las desdichas, la intranquilidad y, sobre todo, la tragedia en todas sus manifestaciones y en los grados más impactantes.

Advertimos que este relato de horror es paradójico y no está destinado a lectores menores de edad. Su contenido y temática requieren una madurez emocional y capacidad de reflexión adecuada para comprender y analizar la vida de aquellos que han enfrentado numerosas adversidades y han encontrado un camino en medio de una inimaginable oscuridad.

En **Furia entre girasoles: El capítulo de Cielo roto** nos sumergiremos en un viaje hondo y desafiante, donde se explorarán las profundidades de la condición humana y se cuestionarán los acuerdos sociales.

Prepárese para adentrarse en un mundo turbulento y cautivador, aquí las sombras y la luz se entrelazan de manera inextricable. La lectura de esta obra requiere una mente abierta, dispuesta a enfrentar los abismos de la existencia y descubrir las verdades ocultas que se encuentran en el dolor y la infinita desesperación.

Advertimos al lector que este libro puede dejar una profunda impresión emocional y hacerlo cuestionar sobre algunas doctrinas establecidas. Si decide continuar, le invitamos a nadar en esta experiencia literaria única, donde las historias más sombrías pueden revelar una belleza inesperada y una comprensión más profunda de la complejidad de la vida.

Leer bajo su propio riesgo y con plena consciencia de la intensidad emocional que se puede desencadenar. ¡Adelante, intrépido lector, ve a explorar los abismos de las tormentas desatadas en estas páginas! ¡No te dejes asustar! ¡Devora al libro que desafía todo!

En el día más brillante, cuando los rayos del sol intentaban penetrar la oscuridad, un aura malévola se abrió paso. La lluvia caía de forma implacable, como lágrimas del cielo que anunciaban la llegada del caos.

En el abarrotado tren A24, medio de transporte subterráneo, Cupido emergió sin ser visto. Su rostro estaba cubierto por una máscara blanca en forma de ángel, su velo de frialdad y sombras ocultaban su enredado aspecto de maldad. Los demás pasajeros, absortos en sus propias vidas y como siempre distraídos del mundo por un aparato, celular, no notaron la presencia siniestra de "el amor", quien portaba una de sus espadas macabras y su arco letal, dispuesto a entornar un acto más allá de lo abominable.

Dentro de aquel túnel oscuro, otro pasajero destacaba entre la multitud. Era Geras, un joven que cargaba consigo múltiples roles: hijo, hermano, esposo y, de manera reciente, convertido en padre. Geras llevaba tatuados los nombres de sus gemelas en las piernas, un tributo de verdadero amor a sus pequeñas recién nacidas. En su pierna izquierda, el nombre de la primera en llegar al mundo, y en la derecha, el de la segunda.

Cupido y Geras compartían el mismo tren, un vagón repleto de viajeros rumbo a destinos desconocidos. Para todos, era un día común y corriente, hasta que el cielo rugió y "el amor" atrás de Geras...

¡Florece la aberrante narración!

[Un minuto después]

¡Cupido le cortó brutalmente las piernas a Geras! ¡A la vista de unos, causando espanto en otros! Los pasajeros que presenciaron la horrenda escena se dividieron entre los que huyeron despavoridos y aquellos que, aún en estado de shock, no pudieron apartar la mirada de lo que en un momento a otro se convirtió en infinito dolor, desgracia y tragedia.

Los nombres de las niñas aún se podían leer en las extremidades desgarradas de Geras, Alegría y Cariño, izquierda y derecha. Las pequeñas, en su inocencia y lejos de coincidir el agobio que pasaba su progenitor, esas niñas quedaron sin padre debido al cruel arrebato de la vida.

En menos de diez segundos, Geras pasó de estar vivo a ser despedazado una y otra vez por la espada de Cupido, descuartizado a filo de hierro por quien afirma ser el dios del amor. Geras terminó hecho picadillos, Cupido lo volvió a cortar mil veces más, con salvajismo, en mil trozos, un despiadado paralelismo.

En el día más brillante la oscuridad más profunda se hizo presente. ¿Puedes verlo? Mientras en algún campo enamorado de girasoles nacía un cadáver, la lluvia continuaba su caída incesante. Nadie tiene la vida comprada, puede desvanecerse en un instante, tan fugaz como la partida de Geras. Así es la vida. No es segura, no es eterna, es incierta.

La preocupación invadió los rostros de las demás personas, contemplar tan espeluznante hecho generaba un escalofrío en cada uno de ellos. En medio de gritos, suplicaron frenar el tren.

—*¡¡Paren esto o todos pereceremos!!* —exclamaban asustados.

"El amor" había decidido subir a ese viaje para hacer lo que mejor hace; destruir, destruir y más destruir.

Las ruedas metálicas del tren se detuvieron a lo abrupto, y casi todos los pasajeros, azotados por el pánico, abandonaron los vagones "desertando del libro" como si hubieran presenciado al mismísimo demonio en aquella "lectura". No querían ser atrapados por "el amor", y no les importaba lo oscuro del túnel. Alejarse de Cupido se convirtió en su prioridad, algunos de ellos juraron no volver a viajar nunca más.

—*¡El demonio ha llegado! Sin invitación, como siempre.*

¿Por qué huyen del amor? ¿Acaso la gente ya no desea enamorarse, viajar o reflexionar, incluso leer?

El tren, desprovisto de pasajeros, quedó sumido a un silencio roto por los llantos de un niño… [son los vientos en otoño tan hermosos], es un vulnerable bebe abandonado de manera desalmada por su madre… [son los vientos de la lluvia tan fríos], dejado de manera irresponsable a la vista de la crueldad. ¿Cuál será su destino?, ¿terminará ese pequeño igual que Geras?

Un niño abandonado, y "el amor" se dirige hacia él. A medida que los sollozos del pequeño se prolongan, un molesto chirrido, producto de los pasos de Cupido, resuena en el metal inferior del vagón al rozar la punta afilada de su espada cortante. "El amor" continúa avanzando hacia el niño, sosteniendo el hierro, sosteniendo la espada desnuda lista para actuar.

> —*No me sorprende* —murmura mientras se acerca al niño indefenso y tembloroso—. *Privar a una mariposa de sus alas revela su verdadera naturaleza, tan solo otro insecto repugnante.*

"El fuego del amor persistió en su ardor", se equivocó la lectura al nombrarlo así, en lugar de "el amor", podría evocarse mejor como "el dragón".

Entonces "el dragón" le dijo al niño:

> —*Abandonado por aquella que debería amarte más, después de todo, eso que llaman amor es otra invención creada para justificar una existencia vacía de sentido y propósito...* —La voz de Cupido retumba como un terremoto, cada palabra es un golpe brusco que impacta directo en el corazón. Sus palabras rigurosas y adversas son puñaladas descaradas en el alma.

Qué seca y vacía es la voz de aquellos que han perdido la conexión con lo trascendental. La voz de Cupido pesaba, presionaba y hasta afligía, su sola presencia haría marchitar un campo de flores por completo. ¿¡Es así de tenaz?!

En medio de la oscuridad, el niño luchaba por su supervivencia, al ínterin, en que Cupido, en su composición más retorcida y aterradora, no dejaba de avanzar.

La escena es un cuadro desgarrador, una imagen que captura la maldad en su forma más pura. El niño abandonado se convierte en el objetivo de Cupido, quien ni siquiera se deleita con el sufrimiento o se regocija en su poder de destrucción.

Los sonidos son el chirrido y el llanto. La escena se desarrollaba en medio de esa dualidad: la calma y tristeza de la lluvia que empapaba los alrededores excepto el interior del túnel, y el avance despiadado de la peor versión del amor hacia su objetivo.

Era un choque entre la vulnerabilidad del niño y la crueldad del ser que lo perseguía. Qué ironía que Cupido haga eso, un dragón con mascara de Ángel.

El destino del niño pende de un hilo, atrapado en los aptos siniestros de este ser. ¿Logrará escapar de sus garras? ¿O sucumbirá ante su malevolencia?

El chirrido termina porque "el amor": ahora tiene bajo su retorcida mirada a la indefensa criatura. ¿En verdad pretende apagar la luz de ese pequeño?

Es solo un niño en comparación a un monstruo, es solo un bebe abandonado en un vehículo aislado, es de único punto una indefensa criatura envuelta en llantos frente al mal llamado dios del amor.

Y Cupido aprieta el hierro y lo lanza para contar al bebe en dos, ¡muy mal!, de inmediato la luz se apagó, ¡el pequeño niño…! ¡Él ha sido…!

¡¡¡Por poco!!! La luz destelló, el pequeño ha sido ¡salvado!, el niño continúa vivo.

Antes de ser cortado alguien detuvo la espada, sujetó el filo del hierro con su mano izquierda, lo que significa que ese alguien se interpuso entre el niño y el monstruo. Romeo de Yahvé, enhorabuena, ¡llegó en el momento perfecto el tigre azul!

—*Meterte con un niño* —le dijo Romeo y agregó en tonos decepcionantes—, *¿tan bajo has caído?*

—«...» —Y nada, le respondió Cupido con sobrio y escueto silencio—...

El verdadero cariño se interpuso al mal llamado amor, es así en la vida, hay amores que salvan y unos que no. Romeo y Cupido, ambos, se miraban el uno al otro.

¡Vaya! ¡Qué sensación la de aquel preciso instante, hasta la atmósfera ha cambiado! Ellos son quienes generaron ese extravagante efecto, al estar tan cerca el aire varió, se trasfiguró, mutó, como el cielo roto, de un momento a otro: agua, rayo y truenos.

¡Al fin!, huele a algo diferente, es el perfume de un héroe, un dulce aroma a valentía en el aire se sentía.

Mariposas blancas aparecen en el túnel sobre las vías de los hierros, algunas entraron al tren, otras se quedaron revoleteando el alrededor.

Romeo sin quitarle los ojos de encima a Cupido soltó el filo de la espada, luego miró al niño, lo levantó del suelo pese a que una de sus manos estaba herida, lo juntó a su pecho y en los brazos se lo llevo con determinación hacia un lugar seguro. Cargó al pequeño, bajo del tren y salió del oscuro túnel, sin embargo, antes de retirarse manifestó algo, le dijo a su opuesto:

> *—Trata de aclarar tus océanos internos. Si no hubiese un propósito jamás habríamos nacido bajo el azul cielo que se nos ha sido otorgado. Es de sabios no negar a Dios cuando se desconocen todas las verdades.*

En aquellas profundidades de la oscuridad Cupido permanecía envuelto en su paradójico mundo de tinieblas. Su aspecto reflejaba un resentimiento profundo, una ira contenida que amenazaba con desbordarse. Su alrededor era una imagen de su ser, pues su maldad alejo a todos rodeándolo de más soledad que nunca.

Cupido y Romeo, muerte y vida, un hombre asesinado y un niño salvado, es así como principia Cielo roto.

¿Por qué Cupido se detuvo ante Romeo? ¿De dónde salió Romeo? ¿También emergió de la nada…? No, él emergió de cualquier lugar, pero lo trajo la luz como las plantas que crecen bajo las sombras.

Días después la tormenta siguió su furia en una madrugada oscura.

Las nubes pesadas se arremolinaban en el cielo, danzando al ritmo de los relámpagos y los estruendosos truenos. La lluvia caía sin cesar, azotando el suelo con su furia desatada.

Todo es un caos, ¡y el ejército entra en acción! Es de noche, se aseveró que IAN JOTE no era el huracán en vista a pasar, pero el "baile" apenas iba a iniciar. En esta oscuridad las tropas del país han decidido poner en marcha el plan para capturar al monstruo, van tras "el amor" "el dragón", van tras Cupido.

Los fuertes vientos están causando incontables destrozos; los tejados, las ventanas, las antenas, los cables, los árboles, los postes, los semáforos, los carros y todos los objetos en las calles están siendo afectados, tanto por los vientos como por los mercenarios de Cupido, quienes siguen combatiendo a fuego contra la poderosa brigada de Ilustración.

Del alto mando se comunica la orden de combate, por ende, de los batallones inician a posicionar más soldados en el frente y hacen mayor fuego contra el enemigo, al terminar, hubo largas ráfagas representadas por plomo y acero (fue todo un teatro de fuego y violencia, donde la línea que separaba la vida y la muerte se volvía difusa), era una tormenta de agua y las llamas se unieron a esa danza caótica.

Las llamas se alzaron, devorando todo a su paso, se apoderaron de la pista de "baile" sin darle importancia a la implacable tormenta. En medio de ese vendaval de destrucción, los soldados persistieron, escribiendo su propio destino en el lienzo de la batalla.

> *—Aquí, habla el coronel Tercero de la brigada de respuesta rápida* —resonó una voz firme y ruidosa en la radio—. *Informo con orgullo que los últimos mercenarios han sido eliminados. La victoria es nuestra. Repito, la victoria es nuestra.*

En seguida el coronel envió a un pelotón a la mansión de la informante, estos hombres debían ayudar aquella sin perder el blanco, pero ya era demasiado tarde, la informante y su familia habían sido asesinados. Su esposo fue calcinado, su hermana asfixiada, ella degollada y sus dos hijos fueron descuartizados. La autora de esta atrocidad, enfundada en un largo vestido de color blanco, se encontraba detrás de la vivienda sobre un aflorado jardín de pétalos amarillos humedecidos… mientras tanto, en el interior, yacían los cinco cuerpos sin vidas y el monstruoso arroyo sangriento de elocuencia a la destrucción del hogar. Con inquietante tranquilidad, la autora observaba las flores en medio de este caótico clima. La reina del baile, el anfitrión no es un rey, ¡qué horror, Cupido es mujer! La alfombra roja para ¡la anfitriona del libro!

El pelotón ingresó a la mansión, en diez minutos, al pasar el paisaje marchito y rojizo, el sargento Potidaan y el cabo Oreste llegan muy precavidos al huerto de pétalos amarillentos, allí estaba el monstruo, como si estuviese esperándolos.

Contemplando la imagen pacífica, adorable e inmutable de la figura envuelta en blanco, el sargento Potidaan pronuncia con asombro:

> —*¿El monstruo no se preparó para la guerra? ¿Desarmada? ¿Dónde están sus flechas y arco?*

Oreste se acerca con cautela hacia la enigmática figura manchada de blanco, la autora misma. Ella, ajena a su presencia, permanece sentada con las piernas cruzadas. A pesar de que el cabo no ha intervenido para detenerla, no duda en quitarle la máscara blanca, la misma que llevaba aquel fatídico día en el tren. Al ver su rostro abatido y enigmático, en lugar de esposarla, el cabo decide llevarla en privado con el resto del pelotón [...]. El sargento, con su fusil apuntando a su cabeza, espera en silencio hasta que llegan al resto de la brigada.

¿Habían capturado al diablo o algo aún más oscuro?

—*Aquí, habla el coronel Tercero, nuevo informe —* resuena la voz del coronel—. *El blanco ha sido neutralizado con vida. Detengan el operativo Valquiria. Repito, detengan el operativo Valquiria. El blanco ha sido neutralizado.*

Tras el último informe, el coronel Primero no pierde tiempo y solicita de inmediato la autorización al Alto Mando para ejecutar al blanco. Sin embargo, la orden es negada por el mismísimo General en jefe. Parece que todo ha llegado a su fin, aunque una suave llovizna persiste en el ambiente y el huracán DOMERO ha cesado. Ángela de Áglae ha sido capturada, pero...

... Ella aún respira, desafortunados todos porque esto está lejos de concluir. ¿Qué desventurada, pobre, triste, nefasta, engorrosa, irónica, lamentable, ¡pero muy infeliz! ¡y más infeliz! historia le aguarda a Cupido, a ella?

Empapada de la sangre de sus dos parientes, desde la coronilla hasta los pies, y sosteniendo aún el bisturí con el que los desmembró, Ángela se alza frente al imponente batallón de 300 hombres en la oscuridad de esta noche siniestra en que ha sido capturada. En la base de retención, un superior se dirige a ella con firmeza:

—*¡Eh, monstruo! ¿Cómo te declaras ante las casi mil vidas de las que se te acusa?*

Ángela responde en un instante, mientras gotas de sangre resbalan por su rostro:

—*Nada... no es lo que parece... Soy inocente* —entonces, con una sonrisa siniestra, lame el filo del bisturí y añade—: *Quien esté libre de pecado, que arroje la primera piedra.*

—*Tus palabras son el así mismo del reflejo de tu cinismo* —responde el superior—. *¿Por qué un ser quien siembra la semilla de la desgracia cita al hijo de Dios?*

Todos los soldados mantenían firmemente su arma en la diestra, anhelando volarle los sesos de un solo disparo. El aire vibraba con la tensión y la sed de venganza. Entre ellos, uno no pudo soportar más la furia y se arrojó hacia ella con el intento de asesinarla. Sin embargo, justo antes de que su dedo apretara el gatillo, fue detenido por sus compañeros. ¿Quién estaba en peligro? Si no hubiera sido detenido, sin lugar a dudas habría perdido la cabeza bajo el fuego de su propia "tartamuda".

Ángela, en su frenesí, observaba con ojos desorbitados al soldado que trataba de agredirla. Ella también deseaba algo, no soportaba las miradas hostiles dirigidas hacia ella y, por ende, anhelaba llenar los ojos de cada soldado con balas.

—Quien esté libre de pecados que arroje la primera piedra..., pero... que se atenga a las consecuencias. ¿Acaso ustedes son perfectos para juzgarme?

Tres horas más tarde, el mundo quedó estremecido al recibir la noticia trascendental de su captura. La información se propagó como un incendio forestal, consumiendo el interés y la atención de todas las esferas de la sociedad. En tan solo tres días, las ramificaciones del poder público se pusieron en marcha para organizar el juicio de Ángela, cuyo nombre resonaba en los labios de todos como el de una entidad maldita, conocida también por su siniestro alias, Cupido. El escenario estaba preparado para un encuentro entre la justicia humana y la devoción retorcida de una asesina implacable.

La sala del tribunal, envuelta en un aura tensa y cargada de expectativas, se llenó hasta el límite de su capacidad.

Familiares de las víctimas, sedientos de venganza y ávidos de ver justicia, se mezclaban con los curiosos que buscaban presenciar el desenlace de esta historia trágica y macabra. Susurros inquietantes y miradas cargadas de anhelo y rencor se entrelazaban en el ambiente, mientras el peso de las emociones se posaba sobre cada alma presente.

Las paredes parecían temblar, como si las viejas piedras absorbieran la tensión y el peso del pasado oscuro que se iba a revelar en aquel recinto sagrado de la justicia. Los murmullos se extinguieron en un silencio sepulcral cuando Ángela, la infame Cupido, fue escoltada al centro de la sala. Vestida con su traje de prisionera, su rostro mostraba una mezcla inquietante de serenidad y desafío, como si supiera que los destinos de todos aquellos que la rodeaban penderían de un hilo invisible.

La corte, compuesta por jueces imponentes y solemnes, se preparaba para ser testigo de un enfrentamiento épico entre la acusada y el sistema judicial. La atmósfera se cargaba con una electricidad palpable, como si los mismos dioses del destino se encontraran entre los muros de aquel recinto sagrado, observando con atención cada palabra y cada gesto.

El juicio de Ángela, Cupido, estaba por comenzar, y el mundo entero se mantenía en vilo, a la espera de conocer el veredicto que sellaría el destino de una figura que se había convertido en un símbolo de horror y tragedia.

El juez, con rostro serio y mirada penetrante, dio inicio al juicio. Los abogados de ambas partes presentaron sus argumentos y pruebas, buscando demostrar la culpabilidad o inocencia de Ángela. Los testimonios de los testigos eran escalofriantes, relataban las atrocidades cometidas por la acusada, su crueldad y su aparente falta de remordimiento.

Ángela, por su parte, se mantenía tranquila en el banquillo de los acusados. Su traje de prisionera contrastaba con su aspecto manchado de sangre. Su mirada fría y distante no dejaba traslucir ninguna emoción, lo que generaba aún más temor entre los presentes.

El fiscal presentó las pruebas más contundentes: fotografías de las escenas del crimen, armas utilizadas y testimonios de los sobrevivientes. Parecía que la culpabilidad de Ángela estaba fuera de toda duda. Sin embargo, su abogado defensor, con astucia y habilidad, intentó sembrar la duda en la mente de los jurados.

El abogado argumentó que Ángela sufría de trastornos mentales y que sus acciones eran, quizás, producto de una enfermedad. Presentó informes médicos y psicológicos que respaldaban su teoría. Además, mencionó que Ángela había sido criada en un entorno violento y disfuncional, lo que pudo haber contribuido a su comportamiento descarriado. Sin embargo, no ayudaban mucho.

La defensa llamó a declarar a expertos en psicología y psiquiatría, quienes explicaron los posibles trastornos que

Ángela podría padecer y cómo estos podrían haber influido en su conducta. Sin embargo, los familiares de las víctimas no aceptaban estas explicaciones y exigían justicia para sus seres queridos.

El juicio se prolongó durante semanas, con testimonios emotivos y confrontaciones acaloradas. En último lugar, llegó el momento de los alegatos finales. El fiscal reiteró la crueldad y frialdad de Ángela, resaltando la evidencia presentada y haciendo un llamado a los jurados para que hicieran justicia.

El abogado defensor, por su parte, apeló a la compasión y la comprensión hacia su clienta. Insistió en que, a pesar de sus actos atroces, Ángela merecía una oportunidad de rehabilitación y tratamiento para sus posibles problemas mentales.

Tras horas de deliberación, los jurados regresaron con su veredicto, cuyo generó una mezcla de emociones en la sala del tribunal. Ángela fue declarada culpable de los cargos de asesinato y mutilación.

La historia de Áglae continuaba generando controversia y preguntas sin ninguna respuesta. Las autoridades la habían enviado a la prisión estatal de Erebo, donde esperaría su condena a muerte. Se especulaba si sería ejecutada mediante la cámara de gas o la silla eléctrica…

Y así fue juzgada, pero en otro escenario, en medio de una junta de periodistas, se disputaba dos interrogantes cruciales: *¿Por qué Áglae adoptó el alias de Cupido?* Y si se hacía llamar así, en referencia al dios del amor, *¿dónde estaba el amor en arrebatar tantas vidas, incluyendo las de sus propios familiares?*

Las dos incógnitas envolvieron a los periodistas en un torbellino de confusión y esquivas. Áglae, la figura de horror y tragedia, portaba múltiples nombres que se susurraban en los rincones más oscuros de la sociedad. Era el origen de la locura bajo el alias de Yilo, una perturbación que se aferraba a los huesos como Entrax, el reverso sombrío de incontables sueños personificado en Ílso, y la semilla del descontento divino conocida como Firus. También era la heredera del odio, Redio, la psicópata responsable de innumerables genocidios, Opdix. Pero su lista de alias no terminaba ahí: Beirut, La Rola y tantos otros sobrenombres se sumergían en la sombra de su infame existencia.

Entre tanto alboroto, el sobrenombre de "Cupido" parecía pálido en comparación, aunque suscitaría la eterna disputa de su pertinencia.

¿Debía aquel alias ser el motivo del debate en medio de tantos nombres que evocaban terror y desolación?

Los periodistas, conscientes del desasosiego que suscitaría seguir hurgando en las profundidades de su personalidad retorcida, ansiaban cambiar de tema y apartar la mirada de la tormenta que se desataba alrededor de Áglae. Sin embargo, no podían ignorar la fascinación morbosa que la rodeaba, como si un demonio hubiera encontrado su encarnación más seductora y perversa en aquella mujer. Ella es como la sombra de un monstruo, la sombra del dragón.

En los confines de Ilustración, en la venerada Tierra de Santos, la trama oscura que se había tejido resultaba tanto aterrador como insondable. Ángela, la portadora de las desgracias, había perpetrado una carnicería impensable, sumiendo en la tragedia a sus propios parientes. Era una atrocidad que desafiaba las páginas de la historia humana, desafiaba las mentes de aquellos que intentaban comprenderla. Ningún registro ancestral había narrado jamás un estrangulamiento masivo de tal magnitud. Las masacres del pasado habían sido atribuidas a almas desgarradas por la esquizofrenia, pero los exámenes médicos desvelaron que Ángela se erguía como un ser lúcido, sin fisuras ni fracturas mentales. Este enigma clamaba por una explicación que desvelara la naturaleza oculta y los hilos invisibles que guiaban sus acciones. ¿Cómo un ser normal es tan violento?

La historia de Áglae continuaba intrigando a la sociedad, era necesario comprender sus motivaciones y la ausencia aparente de trastornos mentales. Los medios y el público esperaban como leones ansiosos una aclaración satisfactoria para entender el enigma detrás de sus acciones.

La humanidad, intentando solventar los enigmas y aclarar tanta contradicción, delegó a un periodista para interrogar a Ángela de Áglae sobre las tendencias que la llevaron a cometer dichos crimines, con ello se buscó llegar a las respuestas de los interrogantes más debatidos: *¿Qué inspira al dios del amor para ser tan cruel? ¿Existe amor en la destrucción de cientos de vidas? ¿Qué significa Cupido? ¿Quién es realmente ella?*

La crueldad de cupido: ¡el dios del cariño ha confundido el amor con la destrucción!

De momento Ángela está recluida en un cuarto oscuro, en donde ni siquiera la soledad o las más repugnantes cucarachas podrían llegar, no obstante, sí diez inmensas, peludas y asquerosas ratas que están comiéndose un pan y un libro titulado *Furia entre girasoles: Cielo roto.* Las ratas terminan dejando del pan, migajas, y del libro, una hoja. Ángela se arrodilla en el piso y del mismo suelo frío levanta la hoja para iniciar a leer en su mente:

Carta a la borroboida —dice—, ironías de la vida.
—Un pensamiento caótico ilegal hasta de imaginar,
oír ese tipo de idea estropearía el oído y hasta daría

jaqueca. Trataba de hacer un libro violento que hiciera reflexionar de forma positiva a sus lectores, contribución a la sensatez humana, obvio...

Desde los puntos suspensivos Ángela deja de leer e inicia a tomar migajas de pan y se las come *(cris ñao crush)*. Una de las ratas se pone al lado de ella y junto a ese animal prosigue comiendo las migajas, al acabarse las migajas ella agarra la rata e inicia a morderla *(cris ñao crush)*, cada vez más, mientras restablece el avance con la lectura, le da más mordiscos al peludo animal, se concentró en comer, leer y observar, observar cómo la rata que había estado mordiendo mueve su cuerpo temblando sobre una de sus manos, y ello le hace sentir remordimientos, pero sigue leyendo la hoja con atención:

—*... Le enseñó dicho libro a su amiga la lectora, Irene, y esta se enfadó, lo criticó con severidad, bajo el argumento cuyo dicta «El mundo no necesita más violencia porque la violencia es el pan de cada día». Su amiga enojada principió:*

Irene—*No es lo que te pido, es lo que tú pretendes. ¿Qué quieres que la gente aprenda de tu obra? ¿Qué mensaje quieres transmitir? ¿Quieres contribuir al crecimiento de la humanidad o solo buscas el entretenimiento? ¿Quieres generar energía o apagarla? ¿Quieres sembrar la semilla de la reflexión o hacer una ola de violencia? Seamos honestos, hay demasiada furia en el escrito y no hay nada contribuyente al crecimiento de la* *prudencia y la cordura, si Descartes lo leyera puedes refutar su gran discurso:*

Descarte en palabras de Irene—*Entretenimiento del mejor, sí, lo acepto, está bien interesante la historia, está mejor que cualquier teatro cinco estrellas. Tiene absolutamente todo, un buen argumento, un atrapante inicio, desde el comienzo es muy atrayente, en materia para el mundo Cielo roto es ¡perfecto! Es aceptar que de la nada se puede generar energía, aunque huevo fue segundo que la gallina.*

Irene—*Sé que estoy tomando la obra sin percatarme de la ambigüedad, sé que el mundo prefiere leer mundo, sé que es el primer capítulo, no obstante, es evidente que todo el escrito carece de vida, hay corrupción, guerra y daño al montón, entonces, ¿qué le responderías a Descartes para que no descarte tu obra? ¿Hay algo aquí para reflexionar o aprender? ¿Existimos por una gran explosión?*

—Entre pausas y ahogados suspiros Another *respondió:*

Another—*Primero, déjame, pensar y divagar. ¿Tu última pregunta es certera o jocosa? Dos más dos no pueden ser tres, déjame entender, t te té... ¿me pides que escriba una obra sin conflictos ni crisis? Irene, yo no busco la perfección ni la ausencia de conflictos, busco la verdad. Quiero* *que mi obra muestre la realidad de la vida, con todas sus luces y sombras. Quiero que los lectores se cuestionen el mundo en el que viven, que se sientan incómodos y obligados a pensar. Quiero que la violencia de mi obra sea una crítica a la violencia de la sociedad, que la oscuridad de mi obra sea una denuncia de la oscuridad de la humanidad. Quiero que mi obra sea un espejo que refleje la verdad, por más dolorosa que sea.*

Ángela sigue atenta a las palabras de Another, sorprendida por su perspectiva y su visión del mundo. La oscuridad de su escritura contrasta con la búsqueda que transmite en ese último momento. La curiosidad y la sed de conocimiento se apoderan de ella mientras continúa leyendo:

***Another**—Para que alguien abra los ojos, debemos mostrarles la realidad en toda su crudeza y belleza. La serendipia se encuentra en los rincones más inesperados, en los momentos más oscuros. Es en medio del caos y la confusión donde pueden surgir las conexiones más poderosas, los giros inesperados que cambian nuestras vidas. No temamos explorar las sombras, pues en ellas encontraremos la luz que nos ilumina y nos guía hacia una transformación verdadera.*

Ángela reflexiona sobre esas palabras y se da cuenta de que su visión del mundo ha sido limitada hasta ahora.

Comprende que su vida debe ir más allá de la violencia y el caos, pero no aplica ir en busca de la esperanza y la posibilidad para lograr belleza en medio de la oscuridad.

Another—¡Qué horrible es el mundo de este cuento, pero más horrible es el mundo del escritor! La violencia tiene que continuar porque no voy a escribir un libro que aburra al lector, después de todo, para que la naturaleza llegue a primavera tiene que cruzar la crueldad del invierno. Reparar las grietas que opacan el sol no será mediante la gracia de una historia que hable a palo seco de amor, hasta en la biblia existió muerte, sangre y traición... mucho enredo y confusión. De verdad te debo explicar ¿qué?, en la vida real no existe ningún país de las maravillas. No es guerra lo que te voy a enseñar, es todo lo contrario... ¡serendipia! No olvides, debajo de las sombras siguen creciendo árboles y flores. Para que alguien habrá los ojos...

¡Cris ñao crush! Al terminar de leer Ángela se comió la rata por completo, la devoró: *¡Ñao, ñao, ñao!*

—*Qué delicia* —dijo chupándose los dedos y agregó— *. Irene tiene toda la razón; este mundo no necesita más violencia, pero... para que alguien habrá los ojos* —unísono con Another— *... son inútiles todas las bonitas palabras.*

Helianthus annuus, también llamado comúnmente girasol, mirasol, maravilla, maíz de teja, acahual… es una planta herbácea anual de la familia de las asteráceas. Esta planta que persigue al sol es originaria de Centro y Norteamérica y cultivada como alimento, oleaginosa y ornamental en todo el mundo. En el mundo de la literatura el girasol es una de las plantas o flores más emblemáticas.

Algunas personas sienten una total aversión al pisar una cárcel, y eso era justo lo que experimentaba el señor Keniu. La vida le había brindado un salto hacia un futuro prometedor en su carrera periodística, pero antes debía enfrentar lo incómodo para algunos: adentrarse en una penitenciaría, una jaula con piso de damero.

En el momento e interno en Erebo, Keniu se dirige hacia el lugar que marcaría un hito en su vida laboral, público y social, sus pasos son lentos, camina como una balada nostálgica. *En el silencio de tus pasos se escucha el eco de las oportunidades perdidas… ¿Puedes oír el sonido de mi tristeza?* Vestido de manera ejecutiva, en entonaciones negras, cargando un portafolio, y atado en su muñeca izquierda un rolex de oro para no perder de vista a su preciado tiempo… Avanzaba por los pasillos de esa enorme prisión sobre cuadro en cuadro y, en frente por su caminata, delante de él posó una tropa de quinientos soldados, trasladados de ciudad Turben Ira, llegaron con el objetivo de inmovilizar a la persona a quien él se dirigía a visitar.

El último y más pequeño hombre de los quinientos tiene unos ojos desajustados, como si flores putrefactas estuviesen creciendo dentro de él.

Nota: Identifica el tipo de letra que da a entender la conciencia de un personaje, cuando aquel o aquella dialoga en su mente.

"—No eres la excepción, estas historias provenientes de tu interior son el ogro encadenado en ti. Qué pena que finjamos ser lo que no somos y qué pena que hayas tenido que ocultar a la bestia." —pensamientos.

De la nada un forcejeo estalló entre los compañeros de armas, los soldados, hombres quienes una vez lucharon hombro a hombro por un objetivo común. Sin embargo, las tensiones personales, que habían ido acumulándose durante días, se desbordaron en un estallido de ira y resentimiento, a lo crudo y a lo repentino. Puños cerrados, palabras afiladas y miradas llenas de rabia se entremezclaron en ese brote de rabia.

El hombre de las flores podridas, Fobo, siempre dispuesto a aprovechar cualquier oportunidad para esparcir discordia, se regocijaba ante el conflicto que se desarrollaba como pintura a su vista. Él se deleitaba con cada insulto y golpe, alimentando su propia malicia mientras observaba el desmoronamiento de la confianza entre los soldados.

"—¡Venganza! ¡Odio! ¡Rencor! —pensaba Fobo, entrelazando sus dedos como si estuviera tejiendo una telaraña de intriga y manipulación—. Estos hombres se consumen en su propia miseria, en cambio yo, el emperador de sus tragedias y males, me nutro de su caos. Qué insignificante es la gente, me aburren, para mí ninguno tiene algo especial, son una creación sin sentido."

Al tiempo, en medio del forcejeo y las burlas discretas de Fobo, curiosos se acercaron al campo minado de tensiones. Un suboficial mayor tuvo que intervenir para romper el pequeño laberinto de conflictos formado entre los camaradas.

> *—La fraternidad que una vez los unió...* —con voz firme e intimidante, el suboficial les decía—*... ha sido socavada por sus propios trastornos internos. Vergüenza deberían tener por hacer este ridículo en el desarrollo de sus funciones. ¿Hacen parte del prestigioso ejército nacional o son, llanamente, unos payasos de circo que ni siquiera saben hacer reír? Si no controlan su furia, no controlan su vida.*

Las burlas desmedidas de Fobo cayeron a un abismo de silencio, se detuvieron, sofocadas por la llegada de una presencia indescriptible. Una sombra en forma de dragón cubrió, de manera figurativo, la inabarcable prisión. ¿De dónde provenía tan abrumadora oscuridad? ¿Era acaso un reflejo de las miradas curiosas? ¿O tal vez el eco de la autoridad del suboficial? ¿De dónde provenía esa sombra musical olor a desdicha? Nadie lo vio, pero unos pocos como Fobo lo percibieron, el grado máximo de la ira cubriendo hasta la cúspide de esa inmensa jaula.

Minutos después la inquietante influencia desapareció junto a la riña de los soldados, la ira se marchitó tan de repente como floreció. Las sombras del ogro o dragón volvieron a sus cadenas.

Entre tanto la lluvia caía con suavidad sobre los paisajes de la ciudad, como lágrimas de un cielo melancólico. Cada gota, transparente y serena, surcaba el aire en un silencio quebrado solo por el suave murmullo del agua al tocar el suelo. Era una lluvia triste, que se deslizaba con calma y parsimonia, como si llevara consigo los pesares del mundo.

Las nubes grises, cargadas de nostalgia, se extendían por el horizonte, formando un lienzo grisáceo sobre el cual se pintaba la tristeza. El aire fresco se impregnaba del aroma dulce y terroso de la lluvia, envolviendo el entorno en una atmósfera nostálgica y melancólica.

Las calles vacías se volvían espejos líquidos, reflejando las luces de las farolas como destellos solitarios en la penumbra. Los árboles, con sus ramas desnudas y desoladas, parecían suspirar al recibir la caricia húmeda de las gotas que caían sobre ellos. El sonido monótono y rítmico de la lluvia creaba una sinfonía de ahogo, como si el cielo llorara en silencio. Cielo roto.

Volviendo a la cárcel de suelo cuadros negros y blancos, el reportero logra estar en el lugar, un guarda de la prisión sirvió de guía para encaminarlo hasta la entrada en donde lo esperaba "el monstruo". Solo una puerta lo separaba de una mujer a quien ni los demonios quisieran encontrarse. Él puso su mano en la manija y, sería allí, cuando la bajará, el momento en que se abrirá los palabros del caos. ¡La mujer a quien la tormenta persigue y dicen que es la encarnación del rey de las tinieblas!

Antes de girar la manija y adentrarse en ese mundo oscuro y desconocido, el reportero se detiene por un instante. Sus oídos captan un sonido inconfundible, una composición musical que llena el espacio con su presencia dolorosa, es el sonido de las almas en pena, un eco melancólico le advertía al reportero que al abrir la puerta pondría en una balanza su vida... "De verdad, ¿quieres entrar allí?"

¡Él ingresó!, y ahí estaba, el símbolo del mal, como siempre en el ojo del huracán.

> *—Oh, noble señorita Ángela* —pronuncia Keniu con una reverencia casi teatral—, *ni el deleite ni la indiferencia pueden describir plenamente mi emoción al tener el honor de presentarme ante usted. Soy Rafael de Keniu, un humilde escriba en las páginas del prestigioso periódico San Valencia. Alimento en mi pecho el anhelo y la avidez de someter a su consideración unos cuantos interrogantes, siempre y cuando, por supuesto, su*

magnánima persona acceda a concederme tal privilegio.

Rafael y Ángela han sido ubicados en una habitación de interrogación, donde una imponente mesa de dos metros de longitud los mantenía separados. Él se ha sentado en la silla izquierda y ella ha estado sentada en la derecha, como dos polos opuestos en una indescifrable parábola.

Al concluir sus primeras palabras, el periodista extrajo con parsimonia un diminuto cuaderno de color carmesí intenso, seguido de un lapicero de tinta negra. En ese silencio abrumador, aguardó ansioso la respuesta de la joven, pero solo encontró el eco del silencio resonando en la sala. Mientras su mirada continuaba en busca de cualquier indicio, decidió fijar sus ojos en los de ella, solo para descubrir que, los hermosos ojos azules de ella, estaban clavados en la fría superficie de la mesa y sus codos descansados sobre la misma como anclas del hundido barco Titanic.

La mirada de Ángela reflejaba una profunda introspección, como si se adentrara en los abismos de su propio ser, al tiempo en que su rostro mostraba la huella del desánimo más desgarrador...

Tic tac, tic tac, tic tac…

Tras el transcurso de una eternidad, la lúgubre y turbia mujer pronuncia con voz susurrante:
—*¿No lo ves, cierto?*

El periodista contesta:

—*¿Ver qué?*

El suspenso se apodera del ambiente en el ínterin del periodista esperar una respuesta que pueda revelar el misterio que rodea a Ángela y sus acciones. *Tic tac, tic tac...* El reloj marca el paso del tiempo y el cuco en la pared emite su sonido monótono.

Cuco, cuco, cuco...

Entonces ella responde:

—Estamos sentados en medio de un paisaje, es extenso, verde, una brisa fresca acaricia nuestra piel y al lado de ambos hay dos grandes árboles de frutos amarillos cubiertos de duras orugas. Sobre el prado verde hay muchas semillas de girasoles demorando brotar. El sol se ha asomado entre las nubes oscuras, sus cálidos rayos iluminaron este campo, proyectando un resplandor dorado sobre el extenso paisaje.

Rafael sacude la cabeza y contradice el mensaje:

—No Ángela —niega—. En realidad, estamos en una habitación cerrada, poco amplia, sólo *hay una mesa de cristal, las sillas en donde nos hemos sentado, un raro reloj cucú en la pared, recibimos la luz artificial creada por el hombre y el suelo es un piso a cuadros tipo ajedrez. Además, afuera de esta habitación y de Erebo, el mundo está sumido en una lluvia interminable. Esa lluvia es anormal, es como si el cielo estuviera roto.*

Todavía manteniendo su mirada en la mesa, a la vez que acaricia el recién llegado de plumaje azul: a perspectiva de las visiones de Ángela (paloma de un ala, la cual descendió de los cielos despejados e inició a captar energía solar en medio de la mesa de interrogación).

> *—Ante tus ojos, no soy como soy, soy como tú mente me percibe —comentó ella y preguntó—. ¿Acaso soy un reflejo de tus propias ambiciones y temores, o simplemente soy el enigma que despierta tu curiosidad insaciable? ¿Por qué la realidad es desde tu punto de vista y no desde el que tiene que ser?*

¿Qué sería del mundo si todos enfocáramos nuestra atención en las cosas buenas y nos esforzáramos por resaltar lo positivo en lugar de lo negativo? ¿Por qué lo superficial capta la luz del día?

El periodista tuvo que reflexionar por un momento, lo poco y nada que había dicho esa mujer era para pensar por semanas. Cuando el pichón comienza a cantar, silbar y caminar, incluso posándose sobre sus cabezas, él responde:

> *—En este preciso instante, todo el mundo se encuentra inmerso en un profundo interés hacia su persona... Usted es aquella que ha segado la vida de cientos de individuos, desde sus propios progenitores hasta amigos y conocidos. Es inevitable que ese oscuro hecho despierte una ambiciosa curiosidad por saber qué la condujo a ese camino devastador...*

Él se detuvo y luego continúo:

—*Yo solo hago mi trabajo, puede que, para muchos, resulte aún más desconcertante que los exámenes médicos practicados en usted hayan revelado la ausencia de cualquier anomalía mental en su ser. Usted, el monstruo quien ha confundido el amor con la destrucción, el monstruo denominado por Cupido, es ese temible dragón que ahora eclipsa la atención de todos en el mundo.*

Se volvió a detener para pensar en qué decir y dijo:

—*Las historias que se tejen a su alrededor son cautivadoras, desde hacerse conocer por el dios del amor hasta los espeluznantes asesinatos cometidos. Parece un cuento premeditado por un niño...*

El periodista esta vez continua sin pausas ni interrupciones:

—*Solo un niño llevaría todo el horror de la vida a las letras, pero usted lo dirigió a la vida real, eso hizo que los interrogantes eclipsarán la mente del mundo. Todos desean saber, ¿cuál es su visión del amor, si ha destruido a todas las personas que alguna vez amó y que la amaron? ¿En qué oscuridad estaba inmersa cuando escribía ese siniestro guion de mutilaciones? ¿Qué herméticos pensamientos dominaban su mente y cuerpo? Revélele al mundo, por favor, ¿qué hay más allá de este cuento de horrores?*

Sin darse cuenta, Rafael no percibió que, al hacerle preguntas, se desataban una serie de mensajes o extraños pensamientos cuyos se entretejían en la mente de Ángela.

"—Nos llamó dragón, merece morir."

"—No, es solo un perfume barato que cumple su función como él mismo dijo."

"—¿Y qué? Apesta a cursilerías y palabras vacías."

"—... ¿Qué dices? Confundes al feroz dragón con este pobre diablo."

"—Huele igual, deberíamos deshacernos de él por si acaso."

"—¡NO! Yo solo quiero eliminar al hombre que tiene en la mirada el infierno. No a este don nadie salido de cualquier lugar."

Dice ella con cierta melancolía en su tono de voz:

—*En la brevedad de las palabras se encuentra la verdadera comprensión. No solo usted busca los motivos detrás de esas masacres, sino que también es un reflejo de la inquietud que embarga al mundo. Reflexiono sobre sus palabras y me doy cuenta de que lo normal es un mundo cautivado por la maldad. Eso usted ha dicho.*

El periodista asiente, compartiendo su visión:

—*En efecto, es una realidad que el mundo se interesa por el mal con la esperanza de poder prevenirlo. La normalidad se encuentra en ese afán de entender y combatir la oscuridad que nos rodea.*

Retoma Ángela con la voz cargada por el desconsuelo:

—La oscuridad se hace más evidente cuando nos falta la luz del sol. No trate de justificar a una mujer enamorada de un boxeador. Una mañana, días antes a mi captura, vi a un anciano muerto sobre un camino peatonal, como era un habitante de la calle sus vecinos creían que estaba durmiendo, pasaron horas, más de cuatro, hasta que alguien, diferente a mí, descubrió el terrible hecho. Fue en horas de la noche cuando los vecinos salieron de sus casas para presenciar el levantamiento del cadáver. ¡Pobre anciano!, aplastado por una inefable soledad, él era un habitante de la calle, seguro pereció de inanición (hambruna extrema), o tal vez sufrió crudas enfermedades y, si me lo preguntan, la verdadera razón de su muerte radica en la falta de amor.

El periodista oía muy atento, captando la tristeza y el peso de aquellas palabras.

Ángela continuó con indignación en su voz:

—¡Qué acto tan despiadado el de aquellos vecinos! ¿No te parece? Ninguno mostró preocupación por el anciano mientras estaba vivo, pero todos acudieron a ver su cuerpo una vez que ya estaba muerto. Como si lo único bueno que hubiera hecho aquel pobre viejo fuera morir para despertar el

interés. ¡Qué crueles son!, ¡qué mundo tan indiferente en el que vivimos! Murió en completa soledad y su vida fue esa constante, la soledad. Señor Keniu, no trates de negar la realidad, lo normal es un mundo cruel, egoísta y masoquista. Solo se interesan por el mal para llevar entretenimiento a sus vidas, son tan... ¡asquerosamente superficiales!

El periodista reflexiona unos instantes antes de responder, y respondió:

—*No refutaré tu argumento, pues hay verdad en tus palabras. Me retracto de lo antedicho. Es cierto que lo normal en este mundo es un interés perverso por el mal, una pasividad que solo observa sin actuar. Sin embargo, percibo en tu argumento una carga de odio que supera la objetividad que deberíamos mantener en nuestros juicios.*

Ella responde:
—*¡Y qué! ¿Eso le quita la verdad?*

—*Sí, precisamente porque no es objetivo y la verdad debe ser objetiva* —manifiesta el periodista—. *Pero permíteme señalar que la objetividad no siempre implica ser imparcial. Es cierto que vivimos en un mundo lleno de crueldad, egoísmo e indiferencia, donde la compasión y el amor parecen escasear. Sin embargo, también existen personas y actos de bondad que demuestran que la humanidad no está completamente perdida. No podemos generalizar y afirmar que todo el mundo es cruel y masoquista, aunque haya evidencia de ello.*

Ángela mira al periodista con cierta incredulidad, pero continúa escuchando sus palabras.

—Reconozco que hay una oscuridad que a menudo parece opacar cualquier destello de luz, muy por el contrario, no podemos permitir que esa oscuridad nos consuma por completo. En lugar de centrarnos únicamente en los aspectos negativos de la humanidad, debemos buscar y promover acciones que generen cambio y mejora en nuestra sociedad. Aunque sea difícil, debemos mantener la esperanza y trabajar para construir un mundo más compasivo y solidario.

Y tú ¿qué opinas?

Ella reflexiona sobre el mensaje del periodista, aunque sigue con cierta duda, parece estar dispuesta a considerar su perspectiva.

Entonces contesta:

—Quizás tengas razón en que mi argumento lleva más odio que objetividad. Tal vez, en mi afán de destacar lo oscuro, he dejado de lado las pequeñas luces que aún brillan en este mundo. Aunque me cueste aceptarlo, no todo es crueldad y egoísmo. Gracias por recordármelo.

Pero de nuevo Ángela vuelve a mantenerse firme en su posición:

—No obstante, así como la noche es el estado natural del universo la realidad es que el sufrimiento, la injusticia y la maldad están presentes en gran medida en nuestro mundo. Prefiero vivir haciendo daño que vivir siendo dañada. El mundo no está mal, solo que es un lugar demasiado complejo como un laberinto intrincado donde cada elección despierta una encrucijada. Recuerdo, cuando de niña anhelaba ser vegetariana y empecé a consumirme por el hambre.

"—Las lágrimas me encontraron."

El periodista asiente, da una sonrisa melancólica y toma la palabra:

—No se trata de negar la realidad, sino de equilibrarla con la búsqueda de soluciones. Siempre habrá

fuerzas negativas en el mundo, pero eso no significa que debamos rendirnos ante ellas. Como personas integras, debemos intentar despertar la conciencia para fomentar el bien y el cambio. Lamento escuchar que no pudiste ser vegetariana, sin embargo, aunque en el universo reine la noche nosotros tenemos el brillo de la luz... del sol.

Ángela suspiró, fue un suspiro ligero, asimilando las palabras del periodista. Ambos se sumergieron en un breve momento de reflexión antes de continuar su conversación, conscientes de que, aunque la oscuridad y la perplejidad estén presentes, siempre existe la posibilidad de encontrar luz en medio de ellas. No hay que rendirse incluso ya habiendo un vencedor.

—Espero no te incomode —comenta el periodista—. Pasemos a la pregunta que este mundo cruel e indiferente quiere saber. ¿Cuál es su pensamiento relativo al amor, si asesinó a todas las personas que amó y alguna vez la amaron?

Él hizo el brusco interrogante y la lluvia apareció antes de la respuesta (…)

Las gotas resbalaban por las ventanas, dibujando caminos erráticos en los cristales, como lágrimas que buscaban su escape. Los tejados de las casas, humedecidos por la lluvia, se convertían en testigos mudos de la historia triste y furiosa que se desarrollaba bajo su resguardo.

En medio de esta lluvia solitaria, las personas buscaban refugio, caminando con paso apresurado bajo sus paraguas, cada uno inmerso en sus propios pensamientos y melancolías. Era como si la lluvia comprendiera su dolor, acompañándolos en su soledad y ofreciéndoles un abrazo reconfortante.

Y así, la lluvia triste continuaba su danza lenta y constante, impregnando el mundo con su melancolía. Era un recordatorio de que incluso en los momentos más oscuros y solitarios, la belleza puede encontrarse en la tristeza, y que las lágrimas del cielo pueden lavar el alma y traer consuelo, no solo el sol puede brillar. La lluvia. Cielo roto.

Ángela escuchó muy atenta las palabras del periodista y su expresión se tornó sombría. Parece sumida en un mar de pensamientos al tiempo en que el pichón azul revolotea en la habitación, como si captara la intensidad de la conversación y, también, la feroz consulta. Después de unos momentos, levantó la mirada llenando la habitación de un aura pesada y, con mucha expectación al alrededor, llegó su anhelada y esperada respuesta.

Dijo ella:

—*El amor... una paradoja que me ha perseguido en las sombras de mi existencia. Asesiné a aquellos que amé y que me amaron, en un acto de desesperación y autodestrucción. Pese a ello, ¿acaso el amor no puede convertirse en un veneno letal cuando se corrompe y se convierte en obsesión? En mi corazón quebrado, el amor se transformó en un incendio voraz que consumió todo a su paso. "¿Por qué habrá pasado él para hacer todas esas cosas?"*

El periodista, cautivado por sus palabras, le insta a seguir:

—*Es cierto que el amor puede llevarnos a una dependencia emocional, a veces incluso destructiva. Aun así, también es cierto que el amor puede ser una fuerza poderosa que nos impulsa a crecer, a cuidar y a dar lo mejor de nosotros mismos. No todos los amores son iguales, y cada persona experimenta el amor de manera única. "Cupido representa una faceta del amor en cuanto a perversión y destrucción".*

Ángela continúa con voz serena y firme:

—*El amor no es algo que pueda controlarse o evitar a voluntad. Surge en nuestro interior sin pedir permiso y nos envuelve en un torrente de emociones. Quizás el niño que inventó este cuento se enamoró.*

El periodista asimila sus palabras y reflexiona por un instante antes de responder:

—*Tienes razón, el amor es un sentimiento complejo y a veces contradictorio. Puede llevarnos a situaciones difíciles y dolorosas, aunque también puede ser una fuente de alegría y conexión humana. Es importante aprender a gestionar nuestras emociones y establecer límites sanos en nuestras relaciones. Incluso si el amor pueda acarrear dolor y sufrimiento, nos brinda momentos de felicidad y plenitud.*

Ángela asiente comprendiendo y añade:

—*El amor no es solo la presencia o la ausencia de alguien en nuestras vidas. Es un camino de aprendizaje y crecimiento personal. A veces, el amor implica soltar y dejar ir, para permitir que las personas encuentren su propio camino y su propia felicidad.*

El periodista asiente, consciente de la profundidad de las palabras de Ángela, y él vuelve a asimilar y reflexionar por un instante antes de responder:

—*Es cierto, el amor puede ser un camino lleno de desafíos y sacrificios. También puede ser una fuente de fortaleza y transformación personal.*

Ángela suspira y determina:

—*En último término, el amor es una experiencia única para cada individuo, y cada uno debe encontrar su propio equilibrio entre el dar y recibir, entre la entrega y la protección de uno mismo. Es un viaje lleno de luces y sombras, y solo nosotros podemos decidir cómo queremos vivirlo. ¡Como quisiera que alguien me amará de forma transcendental!*

La conversación racional entre Rafael de Keniu y Ángela de Áglae se prolongó de manera considerable, tan vasta que será necesario obviar gran parte de ella y avanzar directamente hacia los acontecimientos culminantes. El intercambio verbal los había llevado a disentir en sus opiniones, como suele ocurrir en la cotidianidad de las personas.

—El amor es un concepto sumamente amplio — intervino el periodista con voz segura—, *y lo que acaba de exponer al mencionar que "el enamorado vive por quien ama" parece referirse a una persona que depende emocionalmente de otra. Si esto es así, razono que sería más saludable evitar enamorarse para preservar nuestra propia vida en caso de que el amor llegue a extinguirse.*

El dialogo se detuvo unos momentos en pronunciamiento a la conclusión del periodista, mientras esa pausa seguía Ángela aparta con ambas manos una parte de su largo cabello que cubría su facial, gracias a ello el periodista la logra visualizar un poco más, notando que la lunática posee en plenitud un bellísimo rostro.

*—Señorita —*dice el periodista, su pluma danzando sobre el papel—, *cada una de sus palabras queda grabada en estas líneas. Ahora, permítame adentrarme en las sombras de su historia y*

preguntarle: ¿A quiénes de esas personas que alguna vez amó tuvo que enfrentar en la batalla de la muerte? Y si los amó, susúrreme, ¿por qué los condenó a ese forzoso destino?

Ella responde en la evidencia de su engaño:

— A mi madre y a mi hermano mayor, a quienes aún amo, los sometí a la muerte por las mismas razones que aniquilé a innumerables almas; sentí compasión hacia ellos, pues este mundo no es para los débiles, sino para los valientes. Estoy destinada a cargar con el peso de sus adioses, pero los liberé del tormento de la existencia.

—Señorita —expone el periodista con mirada analítica—, usted afirmó que el amor es un sentimiento hermoso, pero me pregunto, ¿por qué el amor arrastra consigo a compañeros tan adversos como la muerte y el sufrimiento? ¿Acaso hay un oscuro abismo oculto en las profundidades de ese bello sentimiento?

—Como mencioné antes —retoma Ángela—, lo que envuelve al mundo es el simple sentimiento del querer. Amar implica sacrificio y dolor. Yo amo a alguien, y ese amor ha dado origen a Cupido dentro de mí. Si prestara plena atención a mis palabras, en lugar de enfocarse en la vida que la sociedad le exige que viva, descubriría la verdad que se encuentra frente a sus ojos. Ahora, le pregunto a usted: ¿por qué está presente ante mí? Todavía no

entiendo ¿qué misterios o verdades busca desentrañar en este encuentro?

Él se queda mudo generando un silencio muy ensordecedor, a veces no es necesario el ruido para volver la mente de alguien un pandemonio.

¿Qué te inspiró a leer este libro?

Le han dado vueltas al mismo tema del amor como si al encontrar un no sé qué del asunto solucionaran los problemas de indiferencia que aquejan al mundo.

¿Cuál es el enigma que envuelve al amor y lo convierte en el tesoro más preciado de nuestra existencia?

¿Por qué sus hilos invisibles tejen historias de pasión, sacrificio y redención en los corazones humanos?

¿Acaso el amor es la clave para desvelar el sentido mismo de nuestra existencia o simplemente es una ilusión que nos sumerge en un abismo de deseos y emociones incontrolables?

¿Por qué el amor ocupa un lugar tan primordial en el misterio de la vida humana?

¿Por qué combinaste el amor con el danzar furioso de los girasoles?

¿Por qué Cupido es el villano y no el protagonista?

Volviendo al mutismo del periodista, esa forma de darle gris al color ella lo reconocía ¡y también la tensionaba! Porque a ella le incomoda esperar y él sigue demorando su respuesta, además, están los continuos e irregulares mensajes que azotan o se entrelazan en su mente.

"—Si el mundo girará de acuerdo a las reglas del amor y no a las del dinero este mundo iría a la dirección correcta. Pero como no es así, tú y yo vamos hacia el abismo."

"—¿Cuál es tu propósito? ¿Qué te hará feliz? ¿Ya te hiciste esas preguntas? No podemos cambiar la trayectoria, así que nos queda cambiar a sí mismos."

El periodista de forma tranquila le discurre sobre la veracidad de anteriores comunicados, así que le pidió a Ángela el favor de hablar con más franqueza, pues, nadie con sentido común creería en un asesino que eliminó a sus padres y familiares solo por el hecho de amarlos. Él pensaba "La disyuntiva es clara, ¿o ella está bien loca o aquí hay algo muy raro?" En ciencia cierta es lógico que exista algo más, una verdad gigantesca la cual ella está ocultando, ¿cuál es?, ¿cuál es?, y... ¿por qué la oculta?

Estamos llegando a las últimas instancias de este extenso diálogo.

Describe Áglae en voz más baja y hablando más lento que antes:

—*De modo inexplicable el extenso paisaje verde soleado de brisas frescas ha desaparecido. Sin embargo, los dos árboles están aquí, la metamorfosis de las orugas se ha completado y las semillas de girasol se están rompiendo, ahora en este cuarto cerrado, cuyo usted me describió como poco amplio, con dos sillas, una mesa, un pequeño reloj cucú, luz artificial y un piso ajedrezado, aquí; sobrevuelan mariposas blancas. ¡Pero eso no nos importa! Respóndame de una buena vez: ¿por qué estás presente ante mí? ¿Acaso el caos te trajo de la nada hacia mi mundo solo para desvelar una verdad que no va a servir de nada y para nada?*

"—Es definitivo, está bien loca, ¿mariposas blancas? ¿Dónde? —el periodista pensando—. ¿Estará vacilándome...? ¿Tendré que dibujarle un paisaje tan falso como el que ella me quiere ilustrar? Pero... ¿Por qué siento que sus preguntas van más allá de cómo suenan? ¿Puedes ver alguna mariposa? Esta mujer está sacudiendo mi mente"

Cabe preguntar si Ángela lo que está viendo son ilusiones o algo desconocido. *Yo no veo ninguna mariposa.* La mente es como el universo, sin confines... A pesar de ello, de que la mente sea así, esa mujer y lo que ha expuesto es algo extraño, algo especial, para una persona normal sus preguntas y lo que ha dicho pueden pasar fácilmente desapercibido, por el contrario, para alguien un poco más perspicaz sus palabras estarían atacando la percepción.

¿Acaso el caos te trajo de la nada hacia mi mundo solo para desvelar una verdad que no va a servir de nada y para nada?

Rafael le argumenta lo siguiente:

—Fui el afortunado periodista elegido para explorar en profundidad sus ideas, conductas, motivaciones, deseos y sentimientos, así como todo lo relacionado con su enigmática persona. Mi labor tiene como objetivo desentrañar el pensamiento de Cupido y plasmarlo en palabras antes de que sea llevada a rendir cuentas por sus crímenes en la cámara de gas. Permítame disculparme por la pregunta, pero me intriga saber qué siente al enfrentar la proximidad de su propia muerte en tan solo unos meses.

Ella deja de observar la mesa levantando sus inexpresables ojos azul cielo y dirigiéndolos hacia Rafael, él enseguida le ofrece de nuevo disculpas por si le ha hecho sentir mal, no obstante, ella le interroga:

—Pero ¿qué te hace pensar eso?
—Tu mirada, producto de mi última pregunta.

Enseguida lo excéntrico en sus respuestas vuelve a florecer:

> *—No es evidente que, al seguirme con tus ojos, comprenderás lo que no nos fue dado. Caballero, todo lo que nuestros ojos contemplan es simplemente una gran falacia, mentiras. Los ojos revelan algunos pensamientos de un individuo, mas o por desgracia se quedan cortos frente a las profundas incapacidades humanas. Son las gafas de aquellos que se niegan a ver. Meramente mirar o leer no es suficiente para percibir un mundo despiadado. Se me señala como el monstruo, ¡y que tal...! ¿qué la realidad fuese otra y usted resulte ser el verdadero ogro?*

Sin demora Rafael principio a cavilar (buscar) en todas las citas de su sonsacada lo oculto, y al paso de un momento le indica continuidad en la entrevista, repitiendo:

> *—Por favor, dime, ¿qué siente al enfrentar la proximidad de su propia muerte en tan solo unos meses? Usted debe sentir algo; aprensión, arrebato, abomino, angustia... algo.*

Ella enuncia:

> *—Antes de responder tu pregunta tan descarada, permítame también ser el investigador, sin caer en respuestas superficiales o dadas por iletrados, ¿qué es la vida? Es una interrogante que desconozco porque si inevitablemente enfrentamos la muerte,*

¿qué significado tiene vivir? Responda, y entonces podré mostrarle el pensamiento que tanto anhela.

Él reportero expuso sin preámbulos:

—*Somos vida si habitamos dentro o fuera de un organismo, si aún no hemos sido alcanzados por la muerte, si estamos sujetos a la fortuna o a la desgracia. Somos vida si vivimos por otros...*

Él sabía que ella solo respondería si él aceptaba someterse a cuestionamientos ideológicos e ineludibles. Por ello una pregunta tan llana como *«qué es vida»* debía tener una respuesta pedante y rigurosa, bien a fondo y certera.

—*... La vida es el regocijo de existir, con o sin un propósito claro. Entre todos los seres humanos que transitan por la Tierra, solo una parte determinada vive buscando alcanzar su finalidad, que incluso puede ser desconocida. Sin embargo, no es el propósito lo que nos confiere existencia. "La felicidad evidencia el fin de la vida": gozar es sinónimo tanto de prosperidad como de tristezas. El simple hecho de estar vivo y experimentar la falta de alegría es más que suficiente para sentirse feliz, ya que la tristeza en la vida también es una falacia. La vida es el privilegio de existir, y a partir de ahí surgen las distintas preguntas: ¿cómo y para qué debemos vivir? Y para ello brota el argumento "el tiempo nos brindará todo tipo de enseñanzas". En pocas palabras, la vida es un constante aprendizaje, hay que vivir, aunque no sepamos cómo hacerlo,* *porque la vida, así como el amor, es única y personal.*

El diálogo entre ellos se transformó en un encuentro de ideas y perspectivas sobre el significado de la vida, revelando reflexiones profundas y provocativas.

En un instante, se evidenció la importancia de cuestionar y explorar el propósito de nuestra existencia, ya que la vida es un misterio que solo podemos desentrañar a través de nuestras experiencias y aprendizajes.

La señorita Áglae resulta más confundida que nunca por anterior respuesta, Rafael deduce haber manifestado de forma correcta y él aprovecha ese resultado malinterpretado para luego volver a escrutarle:

—*¿Qué siente al enfrentar la proximidad de su propia muerte en tan solo unos meses?*

De manera amarga y frívola ella responde:

—*La muerte de una persona no debe ser cuando su vida termina, sino cuando su propósito finaliza incompleto, para mi bien, mi fin se completó. Apoyada en la irrefutable verdad de que el tiempo todo lo borra, solo voy a desaparecer sin gloria ni gracia mediante el olvido de las personas, he ahí mi muerte. En otras palabras, no siento nada, me da igual todo porque, para mí, la muerte es solo un abrazo final en este mundo cualquiera, un destino tan irrelevante como la propia existencia que se arrastra no merece mi atención. ¿Para qué sentir algo por la muerte cuando la vida en sí misma es un juego absurdo? Si mi alma no es eterna, ¿qué más da si se consume en los olvidos de las tinieblas? La vida en este plano terrenal carece de sentido, somos una alucinación efímera que solo inmortaliza el sufrimiento. Nacemos para morir, morir es el último acto de rebeldía ante la farsa de la existencia. Quizás usted encuentra sentido en la vida, en cambio yo, yo no logro encontrar nada bueno en este mundo creado por personas indiferentes, vacías y de amores superficiales, por eso, la vida es absurda y, es irrisoria, ¡no tiene ningún valor! ¡¿Ser parte del cambio?! ¡¿Cuál cambio!? ¡¡Ningún humano cambia!! ¡¡Seguirán todos podridos hasta el final del último día del último de ellos!!*

El periodista se encontraba perplejo ante la capacidad de Ángela para ofrecer respuestas tan penetrantes, sin duda era una mujer acomplejada, de oscuro pasado, llena de nada y confusas contrariedades. Su voz, seria y formal, resonaba en la sala, envolviéndola en un fulgor de deslucida solemnidad que provocó que Rafael perdiera el control sobre sus palabras, él no podía aceptar esa afirmación, él no podía admitir esa crudeza cuya daba a la vida como absurda y sin sentidos. Movido por una urgencia irrefrenable, intentó desmontar el argumento anterior de Ángela utilizando una sucesión de interrogantes punzantes, le envío cuchillas que buscaban penetrar en las grietas de esa enigmática oscuridad.

Dijo el periodista:

—*¿Te atreves a afirmar que la muerte de una persona no marca el final de su existencia y que la vida es absurda, plana, carente de sentido e irrelevante? Ya escuché demasiado, explícame: ¿es amor asesinar a quien te dio la vida? ¿Cómo etiquetarías a alguien que masacra a cientos de individuos en aras de cumplir un propósito que no va a ningún lugar? ¿Cómo logras coexistir con la carga de innumerables vidas segadas por tu mano y hablar de amor, así como si nada? ¿De verdad no sientes algo al ser responsable de tanto sufrimiento y desolación? ¿Consideras que tu objetivo justifica el daño infligido a otros seres humanos? ¿Bajo qué derecho te arrobas la facultad de arrebatar la vida de tus semejantes? ¿Nunca se te instruyó acerca de la moral, la ética o los principios fundamentales que todo ser humano debe tener? ¡Te suplico, responder! Si te resulta tan indiferente la vida o la muerte, ¿por qué no permitir que aquellos que realmente anhelaban vivir lo hicieran? ¿Por qué, por qué Cupido? ¿Por qué has tomado ese fatídico papel de juez y verdugo? Si nos dieron luz en el reino de la oscuridad, si el universo nos premió con el día, ¿cuál es el afán de arruinar el orden? No podemos existir dañaos los unos a los otros. ¿Si te molesta tanto un mundo tan indiferente por qué eres tan indiferente? ¿Quién te puso las gafas del ciego? ¡El alma sí es eterna! ¡Podemos cambiar!, ¡¡deja de ser parte del problema!!*

Las palabras de Rafael fueron como un torbellino de cuestionamientos y acusaciones, fueron los últimos dardos directos hacia ella. En ese instante, el diálogo se transformó en un enfrentamiento de ideas y valores, donde las sombras de la moralidad a niveles más allá se hicieron presentes. Y así fue el fin de esa batalla verbal, no obstante, en el cierre de la mayéutica se perciben señales de un fatal desenlace, ambos ya estaban cansados, ambos ya habían revelado sus pensamientos.

Las mariposas se han ido, el ave azul regresó al cielo despejado y en los dos árboles ha iniciado a formarse un gigantesco enjambre de abejas.

¿De verdad hay árboles? ¿En serio hubo Mariposas?

El anterior lago de interrogantes en efecto quebró la respuesta de Ángela, sin embargo, no solo ello, igual a un vidrio también ella al instante se rompió. El periodista solo quería desarmar lo último que ella dijo, una serie de palabras tóxicas, nunca imaginó que su acción fuese la llave para liberar la sombra del temible dragón.

¡Algo malo estaba a punto de pasar!

La desgarradora y extensa dialéctica había terminado con un Rafael vencedor por sus ideas moralistas y cuerdas, la falla fue que el resultado atrajo a un gigantesco problema cuyo se aproximaba como tormenta furiosa y que no le iba a importar ahogar a quien sea que interviniera.

El cielo rugía.

Uno no puedes ir al infierno, tocar la puerta del diablo, entrar donde está y luego insultarlo. *¿Qué acabas de hacer, Rafael?* ¿Era necesario que Ángela supiera que su actuar es incorrecto? Despertar u ofender involuntariamente a un demonio *¿en qué te podría perjudicar, Rafael?* Quizás él no pensó en eso.

El periodista solo pudo observar a Ángela mientras ella agarraba su cabeza para intentar frenar más quebraduras, sin embargo, no era suficiente… hubo más grietas, hubo más separaciones de pequeños fragmentos en su mente, ella se estaba quebrando desde adentro, desde sí misma, en lo interno, en el lugar donde fue puesta la peor de sus caras.

¿Puedes respirar?

La habitación se sumerge en un silencio denso y opresivo, como si el aire mismo contuviera el aliento. Ángela y Rafael verbalmente se enfrentaron, aún sentados en sillas opuestas alrededor de la mesa. Los rasgos de Ángela se han transformado en una cara siniestra manteniendo su cabeza inclinada, escondiendo una mirada penetrante y despiadada que encubre su más perversa intención. Sus ojos brillan con una malévola chispa que se contrapone al semblante poco variable de Rafael.

Ese hombre, quien sin ofender y ajeno a su destino inminente, permanece inconsciente del peligro que él mismo y sin intensión desató, él sigue tratando de entender ¿por qué ella no puede entender que la vida no se trata de luchas?

El ambiente está cargado de tensión, parece que la habitación misma contuviera la electricidad de una tormenta a punto de estallar. Cada gesto de Ángela, cada movimiento lento y calculado, revela la amenaza latente que se oculta detrás de su aparente calma. Desde la respuesta sobre la muerte y el lago de interrogantes ninguno de ellos ha vuelto a hablar, están dejando al tiempo dialogar y al silencio escuchar. El *tic tac* del reloj se vuelve ensordecedor, marcando el inexorable paso del tiempo mientras los segundos se desvanecen sin piedad.

Cuando el cucú salga, un ogro también lo hará.

¡Esta inquietante quietud tensiona mucho! ¡Ni siquiera la lluvia se escucha! ¿Qué va a pasar?

Rafael, absorto en sus propios pensamientos, no se da cuenta de los sutiles indicios que revelan la verdadera naturaleza de Ángela, no sé percata que la sombra de Cupido tiene la forma de esa mujer.

El sudor frío recorre su espalda, como un presagio de la fatalidad que se cierne sobre él. Su corazón late con fuerza, pronosticando el peligro inminente, pero su mente se mantiene sumida en la inconsciencia, incapaz de anticipar que si no hace algo puede morir; él se mantiene allí en el ojo del huracán.

En medio de este silencio sepulcral, los ojos de Ángela se clavan en Rafael, levantó su mirada con una mezcla de odio y satisfacción retorcida. Sus labios esbozan una sonrisa maligna, como si disfrutara de ante mano la maldad que está a punto de desatar. El aura de misterio y peligro que la rodea es palpable, envuelve la habitación como una niebla oscura y opresiva.

En un instante, el ambiente se carga con una electricidad frenética. Ángela inclina su cuerpo ligeramente hacia adelante, como una fiera a punto de lanzarse sobre su presa. Sus manos temblorosas se aferran al borde de la mesa, mostrando una fuerza contenida que amenaza con rebosar en cualquier momento.

El encuentro verbal entre Ángela y Rafael se convierte en un duelo silencioso, una batalla de voluntades en la que el destino de uno de ellos está sellado. Los segundos se estiran como horas, prolongando la agonía de la espera. Y en ese momento, en ese instante suspendido en el tiempo, el aire se carga con una tensión insostenible, anunciando el desenlace inevitable de...

¡Cuco, cuco, cuco...!

¡Diantres! ¡Diablos! En aquel momento, algo desconocido e inquietante se desencadenó en lo más profundo de su ser. Ángela sintió cómo su cabeza se contraía con una intensidad abrumadora, empezó apretarse tan fuerte hasta llevar sus uñas a lo hondo de su cráneo, provocando que la sangre brotara. Un grito desgarrador escapó de sus labios, resonando con tal fuerza que atrajo la atención de cinco guardias de seguridad. Pero lo que sucedió a continuación fue más allá de toda imaginación: parecía como si otra entidad se apoderara de su ser, transformando su entorno por completo. El aire se cargó con una presencia ominosa, los gestos de su rostro se distorsionaron y su mirada adquirió un brillo cada vez más siniestro, ¿qué tan oscuro es el universo? ¡Allí estaba!, ¡era la sombra de Cupido sonriendo! Su sonrisa era tan alarmante y turbia que helaba hasta los huesos.

Y entonces, el paisaje cambió por completo. Un enjambre de abejas y girasoles comenzó a crecer y multiplicarse sin control.

Surgían del suelo como si la tierra misma les diera vida, llenando el espacio con su exuberante presencia. ¿Qué fenómeno era este que afectaba el entorno de los personajes? ¿De dónde surgían tantos girasoles, como si brotaran de la nada? El misterio se cernía sobre ellos, envolviéndolos en un viento de intriga y asombro.

Los guardias irrumpieron en la habitación llena de girasoles, alejaron a lo brusco al periodista de Ángela para ponerlo a salvo. Uno de ellos se acercó lentamente a ella, intentando escoltarla de vuelta a su celda, la desgracia fue que, en un instante inesperado, mientras su mano se posaba en su hombro izquierdo (él la agarró del hombro), Ángela se retorció con violencia, y un torrente de vómito ella derramó sobre la mesa de interrogación. Alimentos apenas digeridos y desmenuzados salieron de su interior, revelando dos vísceras retorcidas, enredadas en un hilo grotescamente enmarañado y la cabeza de una rata. Era como si en los minutos previos a la entrevista hubiera ingerido una comida tétrica, pero vomitar vísceras fue demasiado absurdo incluso para el paisaje surrealista de girasoles que los rodeaba. ¡Cielo roto!, aquello no era una sala de interrogación, sino una habitación invadida por flores en busca del sol. No había lluvia, sino un sol radiante e inquieto.

Sin perder tiempo, Ángela tomó uno de los extremos del hilo y lo envolvió rápidamente alrededor de las muñecas del guardia que la había tocado. Y entonces, en un giro impactante y vertiginoso, la hebra delgada reveló su verdadera naturaleza: estaba hecha de titanio. Ángela utilizó aquel hilo como un arma improvisada, desencadenando una serie de eventos que ocurrirían en un abrir y cerrar de ojos. La tensión en el aire era palpable, y el destino de aquel guardia pendió de aquel hilo.

[Minutos después]

La habitación se llena de una tensa quietud mientras todos contemplan al monstruo, cuya boca expulsa sangre al pronuncia unas palabras entrecortadas:

—*En el abismo del dolor, en la oscuridad de la cruz, Jesús ofreció su corazón como un sol ardiente de amor, iluminando el mundo con su sacrificio silencioso, tejiendo en cada gota de sangre la salvación de la humanidad.*

¿Qué pretende Ángela con estas palabras? El monstruo yace en el suelo de la sala de interrogación, su cuerpo está ensangrentado, recibió disparos en el pecho por parte de los cuatro guardias. Cada segundo que pasa, su vida se escapa entre sus dedos, y si no recibe atención médica de inmediato, su destino será la muerte. Pero la pregunta que se debe responder es: ¿por qué esos uniformados le dispararon?

La verdad se desvela ante los ojos atónitos de todos: en el suelo, yace un par de manos sin brazos, y uno de los cinco guardias tiene ambos brazos, pero sin manos. En un abrir y cerrar de ojos, Ángela les arrebató las muñecas, privándolos de sus manos, y los disparos iniciales lograron frenarla a tiempo, evitando que cumpliera su macabro plan de envolverles el cuello con la fibra restante y dejarlos ¡sin cabeza! Ángela iba a hacer algo espantoso.

Ese guardia, privado de sus manos, es un hombre sencillo y comprometido, cuyos sueños se ven ahora terriblemente trastocados al contemplar sus extremidades yacentes en el suelo. El impacto se multiplica al recordar las cosas aparentemente triviales que antes podía hacer con sus manos:

Jugar al fútbol, soñando con ser el guardameta invencible.

Sostener entre sus brazos a un hijo, abrazarlo y cargarlo con amor.

Dar caricias significativas a la mujer que ama, expresando su ternura.

¿Cuántas acciones valiosas los hombres realizan con sus manos? Sin embargo, aquel guardia nunca empleó su arma contra personas inocentes, al igual que no dispararía sin motivo alguno. Es cruel pensar que ahora se verá privado de lucir una argolla matrimonial durante el resto de su vida. ¿Cómo pudo ella hacer algo tan cruel? ¡No fue justo!

Ángela yace en medio de un mar de girasoles, mientras el guardia se debate entre la conmoción y el asombro de ver sus manos ocultas en ese suelo florecido. Las abejas incansables han tejido un panal espectacular, y de repente, la miel se desliza desde lo alto de los árboles. Sin embargo, la realidad se impone: este escenario idílico se encuentra en una pequeña sala de interrogación. ¿Qué es real y qué es ilusión? ¿Qué está bien y qué está mal? ¿Por qué aún sigue con vida un ser tan perverso como ella? El invierno también reina en el universo.

Aunque el escenario de los acontecimientos resulte incomprensible, la tragedia tiene una faceta cruel y la historia avanza con las acciones del monstruo.

¡Esto aún no acaba!, a pesar de estar al borde de la muerte, el monstruo se levanta. Ella se encuentra detrás del guarda arrodillado, y aún sostiene la hebra fuerte en su mano izquierda. ¡Denle el tiro de gracia!, ante de que comience a envolverle nuevamente el cuello y el guarda quede, sin lugar a dudas, ¡decapitado!

Qué hermoso paisaje, qué bello los girasoles. Lástima por el hombre a quien ella no únicamente le arrebató las manos.

Furia entre girasoles: Cielo roto

Mientras la lluvia acaricia con ternura la sedienta tierra, una energía titánica se eleva desde los campos de flores, desafiando los estruendos de la adversidad. El eco de una valerosa melodía se despliega en el aire, la noble brisa susurra lo secretos del triunfo; como si cada soplo llevara consigo la determinación de un alma dispuesta a seguir las leyes del corazón.

Un hombre, quien parece haber brotado de los jardines donde nacen los ángeles, ha entregado un bebe abandonado por su madre. La funcionaria quien recibió al pequeño indicó que aquel hombre olía a flores de arcoíris.

El universo y lo trascendental continuaron su camino, había trascurrido varios días, el incidente producido por Ángela detuvo las entrevistas, y mientras ella continuaba en prisión recuperándose de los disparos; el periodista seguía con su vida común y corriente.

Rafael se introdujo en un idílico paseo familiar por el parque Comedia y Tragedia, un lugar encantado donde la naturaleza se convertía en arte y la belleza se desplegaba en cada rincón. Aquella mañana, el cielo se mostraba espléndidamente de azul, desafiando con audacia a las nubes que amenazaban con lluvia. Pero incluso ante la inevitable presencia de la llovizna, la familia de Rafael se embarcó en un día de conexión y alegría.

En medio del esplendor del parque, la esposa de Rafael, la encantadora Ipsue, se encontró con una querida amiga y no dudó en invitarla a pasar el rato junto con sus dos preciosas bebés, ellas se unieron al recorrido familiar de los Keniu. El pequeño Voluptus, hijo de Rafael, se sentía fascinado al ver a las gemelas, Alegría y Cariño, las dulces hijas del joven Geras, Voluptus ostentó que verlas era como estar en la orilla del universo.

En medio de ese instante de plenitud, la lluvia de gotas menudas se convertía en cómplice de sus risas y abrazos, se revelaba el verdadero tesoro de una vida en familia: el respeto mutuo, la unión inquebrantable y el amor sincero. Allí, en aquel parque de sueños, Rafael comprendía que no necesitaba más que esos momentos compartidos para encontrar la plena felicidad.

Y así, en el último tramo de su paseo, decidieron compartir una comida en el centro del parque. Camelia y Orus se dedicaron a repartir los manjares preparados con ternura y amor, mientras Rafael, sumido en una breve pausa, hojeaba las noticias en su teléfono móvil:

Una siniestra historia de sangre y traición ha dejado una huella imborrable en la memoria colectiva. Una mujer y su hija, en un acto de inimaginable horror, llevaron a cabo un hecho macabro que ha dejado al mundo en shock.

Con los afilados colmillos de una motosierra, el eco de la maldad resonó en el aire mientras madre e hija desataron su podredura sobre una abuela indefensa. Los retorcidos detalles revelan que los restos de la anciana fueron consumidos por las llamas en una parrilla que las asesinas habían preparado con el fin de borrar cualquier rastro de evidencia. La oscuridad se adueñó de aquel hogar, convirtiéndolo en un escenario dantesco.

La tragedia habría pasado desapercibida si no fuera por la intervención de un hombre perspicaz. El inquietante humo que emergía de aquel lugar se convirtió en el grito silencioso de auxilio que rompió el velo de la indiferencia. La llamada de alerta resonó en los oídos de las autoridades, quienes pronto arribaron al tétrico escenario.

Dos nombres se alzan en la penumbra de la culpa: Ragil Graz, de 44 años, y su hija, Danda Har, de 19 años. Ellas han sido señaladas como las responsables de arrebatar la vida de Margaré Graz, madre y abuela de las implicadas. Sin embargo, el destino trazó un giro inesperado en este escalofriante hecho, justo en el momento preciso, el mismo hombre, quien puso en alerta a las autoridades, se interpuso de nuevo en el obrar de la maldad, evitando que la atrocidad continuara su rumbo hacia el esposo de Margaré, pues las desajustadas mujeres también querían arrebatarle la vida al indefenso abuelo.

Las autoridades llegaron y encontraron a las mujeres atadas, el anciano relató lo sucedido y con las sangrientas evidencias que aún reposaban en el sótano arrestaron a Ragil y a su hija por sevicia, crueldad extrema.

[Inspirado en una noticia real]

—*Papá, ¿qué lees?* —le consultó Voluptus a Rafael.

El periodista Keniu comprendía muy bien que el frágil corazón de un niño no debía cargar con el peso de conocer noticias que oscurecen la inocencia y agrietan la esperanza, así que para resguardar su pureza le contestó:

—*Deportes, nuestro equipo fue eliminado de la copa américa.*

En ese instante fugaz, su corazón se llenó de gratitud por la dicha encontrada en aquel paseo, consciente de que los verdaderos tesoros de la vida no se encuentran en las noticias efímeras, sino en la conexión profunda y significativa con sus seres amados.

En aquel mágico parque, bajo el influjo de la tranquilidad de los niños y el aroma embriagador de la naturaleza, Rafael se sumergió en la certeza de que la felicidad y la salvación del mundo; cada uno las puede encontrar en la elección individual, en los momentos compartidos, en los lazos que se tejen y en los recuerdos que se crean en cada paso de esa maravillosa travesía llamada vida. Para que el mundo avance hacia la luz y no hacia el abismo tenemos que actuar con el corazón.

De la noticia anterior, a Rafael solo le interesaba algo en concreto; el hombre que anda por el mundo devorando la oscuridad…

¡La imponente milicia de Ilustración despierta de nuevo! En esta épica ocasión, la audaz brigada se alía con las fuerzas marinas de la nación, entrelazando sus destinos en una misión que desafía el valor y pone a prueba la hombría. Juntas, la milicia y la marina persiguen el aniquilamiento total de una perversa organización criminal la cual teje su tela de trata de blancas a escala mundial.

Con el rugir de los motores aéreos, el gruñir de los impulsores marítimos, el ímpetu del deber de los hombres de honor, el batir de las olas y las furiosas danzas de las tormentas en medio del océano irrito, las naves de guerra avanzan hacia su objetivo estancado en el mar, listas para librar una batalla que cambiará el rumbo de la injusticia. La imponente milicia hace su llegada como una tropa de águilas hambrientas rodeando a su presa.

El gigantesco barco, símbolo de la perversidad y la maldad, se yergue en el horizonte, envuelto en llamas que devoran su estructura de acero. Las columnas de humo oscuro se alzan hacia el cielo como señales de advertencia, pero los soldados de la milicia no conocen el temor. Descienden en rapel desde los helicópteros de combate, pisando con firmeza la cubierta inestable del navío en llamas. Los dos grandes buques de la marina desplegaron un total de doscientas embarcaciones de interceptación rápida, así el gigantesco navío había quedado rodeado desde abajo hacia arriba.

El combate se desata en un torbellino de acción y valentía. Tan pronto la milicia y la marina invaden el navío las ráfagas de ametralladoras perforan el aire, al tiempo en que las explosiones sacuden los cimientos del barco. Cada militar se convierte en un rayo de esperanza, avanzando audazmente por los pasillos oscuros y retorcidos del navío, enfrentándose a los despiadados criminales que han esclavizado a tantas almas inocentes.

La violencia estalla en cada parte del barco, pero los soldados de la milicia y los marineros no retroceden. Sus cuerpos entrenados se mueven con una precisión letal, desarmados de miedo y armados de valor, luchando con honor y determinación. Cada disparo, cada golpe, es un golpe de justicia, un eco ensordecedor que resuena en la conciencia de los criminales.

La victoria se vislumbra en la perspectiva. Uno por uno, los criminales caen ante la implacable fuerza de la milicia y la marina, en el frenesí del combate, soldados y marineros dan de baja a todos los criminales, liberando a las cautivas en un acto heroico, rescatándolas del abismo mortal que amenazaba con devorarlas. Tenían a esas mujeres encadenadas como si se tratasen de animales.

El cabo Oreste, valiente protagonista de esta gesta, informa con orgullo el desenlace victorioso de la operación. Las mentes se resistían a creerlo, mas la realidad se impone:

Oreste había llegado al hipocentro donde se originó las llamas, el inicio de la desgracia y caída de esa organización criminal, el hombre prodigioso quien con artimañas sorprendentes logró detener el barco en medio del vasto océano y luego, desde adentro, incendiarlo; estaba allí al frente de Oreste.

El cabo Oreste le explica a su sargento que gracias a las habilidades de aquel hombre las anclas fueron soltadas en las profundidades del mar, empujando al navío hacia un destino ineludible, además él fue quien susurró secretamente a los guardianes de las costas la ubicación precisa de aquella fortaleza que iba rumbo a Europa. Las fuerzas armadas encargada de las operaciones navales seguían los rastros del grupo criminal, sin embargo, sin la interferencia de ese sujeto y el incendio no se hubiera localizado a las personas secuestradas, y quien sabe qué oscuro destino se desencadenaría para dichas mujeres.

Todo lo logró él solo, un individuo excepcional, cuyo nombre resuena. Oreste lo reconoció de inmediato, era un veterano efímero de las fuerzas militares de Ilustración. Aunque su paso por la organización fue breve, su destreza y eficiencia se quedaron en la memoria de los hombres con quienes compartió rangos y actividades.

Ahí estaba, en medio de las llamas y el voraz fuego, entre lo que ardía y el agua que entraba por el hundimiento del navío.

—*Sí* —respondió el misterioso hombre…

Como las anclas habían sido soltadas hacia el fondo del mar y la estructura en su armazón sufrió tantos daños; el barco seguía hundiéndose a medida en que la marina transbordaba a sus naves a víctimas de los criminales. Por radio ordenaron a Oreste regresar a su helicóptero, no obstante, Oreste permaneció en esa cámara infernal hasta que el misterioso hombre le revelo su nombre.

Olía a flores de arcoíris. Y con un indescifrable y tranquilo tono de voz, mientras sonreía pese a que se estaba quemando, aquel dijo «*Mi nombre es…*»

—*Romeo de Yahvé.*

Oreste terminó de narrarle todos los detalles a su sargento y, al paso de un tiempo, tuvo que presentar un informe de los hechos al jefe de su división, en el informe se solicitó proteger la identidad de dicho hombre a quien se referenció como "El tigre azul".

[Semanas después]

¿Puede tener enmienda este espantoso hecho?, los estudiantes de un plantel educativo se hayan inclinados cubiertos de un líquido rojo, ¿sangre?, ¿están todos muertos? El docente de la clase sigue de pie sujetando una motosierra ensangrentada, parece ser el único superviviente. Mas uno de los estudiantes, apenas consciente y luchando por su vida, alza débilmente la voz y pregunta:

—*¿Por qué maestro? ¿Por qué nos ha hecho esto?*

El docente, con la mirada perdida y una expresión enigmática, responde con voz cargada de oscuridad:

—*Lo único que sé, es que tengo sed.*

Luego el director gritó muy furioso:

—*¡¡¡CORTEEE...!!! ¡Romeo por amor al guion!*

El director, entre suspiros de frustración, continúa su sermón, su ira palpable en cada palabra:

—*¡Miércoles! Dejad de decir ¡sed! No eres nada gracioso, ¡idioto!*

Los estudiantes se levantaron al unísono, llenando el aire con un murmullo que expresaba su frustración y descontento:

—*Como siempre, nuestro profesor nunca se toma nada en serio.*

—*Es un completo ridículo.*

—*¡Es ridículamente hermoso!*

—*Es el protagonista idiota de esta obra, solo piensa en pajaritos embarazados.*

—*¡Qué tedio! Nos van a obligar a repetir la misma escena una y otra vez.*

—*El profesor simplemente no sabe comportarse, parece un niño.*

—*¿Un niño? Más bien parece una niña.*

—*¡Ey, idiota! No deberías llamarle niña al profesor.*

—*¿Por qué los hombres más interesantes son siempre unos payasos?*

—*No es un payaso, es como si llevase una lluvia triste dentro de sí.*

—*Me fascina cómo disfraza su tristeza con una falsa alegría.*

La clase de teatro se encontraba en total desorden, arruinada por la tragicómica actuación del profesor, En lugar de avanzar, el peculiar docente los hacía retroceder. En apariencia, solo estaban presentes los estudiantes, el director y el profesor, pero entre las sombras se ocultaban hombres del ejército que vigilaban de cerca a Romeo. Uno de ellos comentó en voz baja:

—*Entonces, eso explica por qué le llaman el Tigre Azul. A primera vista, no parece poseer habilidades sobrehumanas, pero es amable y cautiva a la gente.*

—Sí —murmuró otro en un susurro apenas audible—, resulta inconcebible que ese supuesto profesor sea más que un simple mortal habitando entre nosotros.

Romeo de Yahvé es un buen hombre, es un ángel protector, poseedor de una grandísima bondad. Él es puro como el agua que nace de selvas escondidas, es tan noble y cálido que hasta podría sudar agua bendita. Pero… también es un completo payaso, tiene una personalidad similar a la de un cobarde incapaz de matar a una mosca. Su bella gentileza esconde más historias, además se dice que su pasado es como la del moderno Prometeo o igual al rostro oculto de Edward Mordake.

La clase de teatro concluyó y los jóvenes se fueron a sus viviendas a descansar, algunos antes de marcharse se despidieron de su agraciado profesor. *«¡Romeo es tan lindo!»* expresaban algunas jovencitas *«¡Bello!, ¡bellísimo!»* Lo poco y nada que se puede ver de él es su cara cuya quizás ha sido tallada por preciosos querubines. De verdad, ¡qué hombre tan hermoso! Tiene ojos plateados y siempre viste de azul cielo. A él lo hicieron con mucho amor. *¡Qué lindo es este hombre! ¡Qué lindo fuiste…, Antonio!*

[Días después]

El despertador, implacable en su llamado, resonó en la estancia en la hora oscura de las cinco de la mañana. Como un engranaje preciso de su singularidad, Romeo emergió de su letargo justo cuatro minutos antes de las scis. En cstc cncantador amanecer de un lunes, se encontraba frente a dos diligencias que requerían su atención. La primera de ellas, una cita de gran importancia, fue recibida con su habitual retraso, como si la lluvia le hubiera jugado una travesura, dejándole ligeramente empapado y sin el hábito de su ritual matinal de cepillarse los dientes. Si bien su puntualidad flaqueaba, no había duda de que resplandecía en otros aspectos.

De alguna forma Romeo se las ingenió para salir con la actual miss universo, a una mujer tan hermosa le gustan los hombres hermosos, tal vez fue ella quien se las ingenió para salir con él. En su primera cita él la llevó a un restaurante bastante sencillo y rustico, ¿una reina sin castillo o Romeo quería saber si la reina se merece uno? ¿Qué valoras más: los tesoros de la sencillez o sumergirte en la vida plástica de una mujer obsesionada con su apariencia?

En este preciso instante, cuando disfrutan de una apetitosa merienda, Romeo pronuncia un piropo de un estilo inusual, una declaración que podría oscilar entre lo vulgar y lo atrevido. Sus palabras, impregnadas con la voz de un poeta digno de las obras de William Shakespeare, resuenan en el aire.

Dijo, con voz de poeta:
—Oh mi Lady, quiero ser el sanitario de tu casa para que me descargues los residuos sólidos de tu cuerpo.

Romeo busca provocar una risa en ella, sin embargo, la elección de sus palabras podría desconcertar y asustar a la soberana de la belleza.

Después de haber convertido la cita en un desastre absoluto, Romeo regresó a su hogar sin dos dientes de la boca. ¡Oh, qué torpeza la suya! Por suerte, los dientes perdidos eran las muelas del juicio, no obstante, si fueron realmente las cordales inferiores el golpe debió haber sido bastante aterrador… Quizás el peculiar sentido de humor de Romeo no fue del agrado de la reina, y ella decidió cobrar venganza con un golpe certero, aunque posibilidades existen muchas.

> —*¡Ay!, ¿qué pasa con las mujeres de hoy en día?* —se quejaba—. *Debió habérmelo dicho.*

Siguiendo el rastro de los quehaceres del amigable y carismático personaje, se dirigió a recoger su almuerzo en una mesa comunitaria. Romeo prefería pagar o acudir a restaurantes antes que aventurarse en la cocina, proclamándose como un enemigo ferviente de los fogones y los cuchillos, no le gusta cocinar, él se declaraba un enemigo público de la cocina. A las tres de la tarde, en ese instante que susurra el tiempo, el arroz con huevo fue servido en su plato, a la par que la lluvia infinita seguía vigente en la ciudad. Y justo a esa hora, con la delicadeza de quien acaricia un sueño, Romeo decidió emprender el ritual de cepillarse los dientes, liberando su mente y su sonrisa de los vestigios de la impureza.

Bajo el manto grisáceo del cielo lluvioso, Romeo emprende su segunda diligencia: la asistencia a una reunión laboral en las agencias del diario San Valencia. En ese entorno de palabras impresas y noticias inquietas, ejerce su oficio de reportero como una dualidad en su vida. Y, como si fuese un preludio de su peculiaridad, llega como el último invitado, pero en esta ocasión, resguardado bajo el abrigo de un paraguas, evitando así el contacto con las gotas que aún caen del firmamento.

Pero el reloj implacable no perdona, y las miradas furibundas de sus compañeros se posan sobre él, expresando su descontento en una exclamación retumbante:

 —*¡ROMEO! ¿QUÉ SON ESTÁS HORAS DE LLEGAR?* —uno de sus compañeros enojado reclamándole.

Una admiradora, en su estilo inconfundible, invita a Romeo a su lado, envolviéndolo con el título de "querido":

 —*¡Qué bonito!, ¡ya llegó nuestro amado! ¡Ven y siéntate a mi lado, querido!*

En la majestuosidad del salón donde convergen las veinte mejores plumas de la nación, el dueño del prestigioso periódico exigió el reporte del caso R-94, una situación de extrema gravedad que reclamaba la atención de todos. Antes de adentrarse en la nueva encomienda, los ecos de los compromisos del acta anterior resonaron en el aire, como recordatorios de promesas pasadas.

Llegó el turno de Rafael de Keniu, cuyas palabras envolvieron la sala con un halo de solemnidad. El incidente provocado por Ángela, cuyo desenlace dejó un rastro de incertidumbre sobre su estado de salud, había entorpecido el curso de las entrevistas planificadas. El monstruo, en un arrebato de violencia, había arrebatado la vida de un hombre, desatando la ira en sus compañeros, quienes, cegados por la furia, respondieron con disparos.

Sin embargo, el discurso de Rafael se vio interrumpido abruptamente por un desagradable aroma que se infiltró en el recinto. Un olor a huevo podrido invadió los sentidos de los presentes, haciendo que el señor Keniu detuviera su declaración. Era evidente que alguien dentro de la junta había perpetrado una de sus travesuras, como se suele decir, "se tiró un..."

¡Soltó una flatulencia!

Por lo anterior la reunión terminó, ninguno soportaba más ese olor.

El afectuoso reportero se aventuró en los dominios de los baños, donde el capricho del destino le jugaba una mala pasada tras el fatídico almuerzo. Un enredo cómico se tejía en torno a su suerte, mientras el humor negro se hacía cómplice de sus desventuras. ¿Quién imaginaba que un simple plato en mal estado desataría esta odisea? El deshonor de la venta fraudulenta de alimentos envenenados oscurecía la risa y avivaba la indignación. ¡Qué pobreza moral sucumbir ante la tentación de perjudicar la salud ajena con tanta vileza!

En busca de alivio y con paso apresurado, Romeo se adentró en uno de los inodoros, ajeno a la ausencia de un elemento indispensable para su alivio. El papel sanitario brillaba por su ausencia, y en ese momento, la duda desagradable se apoderó de su mente. ¿Acaso sería capaz de emplear sus propias manos en aquel trance incómodo? ¡Por supuesto que no! Antes de que el dilema lo envolviera, la fortuna, traviesa como siempre, lanzó un rayo de esperanza desde la rendija de la puerta. Un amigo comprensivo arrojó al otro lado dos hojas de cuaderno, rescatando a Romeo de un destino poco higiénico. Entre esas hojas de papel improvisado, encontró un respiro para su apuro inesperado, allí estaba lo necesario para su limpieza.

Quizás no entiendes mi lenguaje poético, por si ese es el caso, te lo resumo a lo rudo: Romeo estaba cagando como todos los humanos lo hacen.

Emergiendo de los aposentos con cierto aire de victoria, al salir de los baños, Romeo se deslizó por los pasillos luminosos que tejían el enjambre de las oficinas. Y allí, en la encrucijada del destino, se encontró con su compañero Keniu, cuyos ojos chispeantes y sonrisa cómplice pintaban un cuadro de camaradería y entendimiento. Juntos, compartieron la anécdota hilarante de aquel episodio "higiénico", uniendo sus risas en una sinfonía de divertida complicidad. En ese instante, el papel ausente y la comida en mal estado quedaron relegados al olvido, al mismo tiempo la amistad se afianzaba entre risas y ocurrencias.

Los dos amigos se introdujeron en un diálogo profundo, dejando atrás anterior anécdota jocosa y adentrándose en reflexiones sobre el mundo y sus constantes conflictos:

—*Tu salida parecía una fantasía, pero a última hora te encuentro aquí* —le dijo Keniu.

—*A partir de hoy abordaré las artes culinarias, en busca de sabores exquisitos. Por cierto, Rafa, te agradezco de corazón, en deuda quedo contigo* —respondió Romeo.

—*No hay necesidad de agradecerme, mejor dime, ¿cómo te fue en tu cita? No todos los días se tiene la oportunidad de acompañar a una reina universal.*

—*Bueno, resultó que la dama tenía un amante y ese hombre encolerizado me vio junto a ella. No pude eludir el conflicto, acabamos envueltos en una trifulca, donde los puños y golpes se hicieron protagonistas. En el fragor de la batalla, perdí dos perlas dentales, pero por fortuna eran las muelas del juicio que en la boca no dejan juicio alguno.*

—*Entonces, Yahvé, ¿hiciste temblar tu espada de justicia sobre aquel hombre?*

—*No, yo no tengo el poder de arrebatar vidas, no obstante, como bien expresó Flavio Vegecio Renato: amo la paz sin temor alguno a enfrentar la guerra.*

—*«Si anhelas la paz, prepárate para la guerra», pronunció con convicción.*

—*¿Por qué el mundo se sumerge siempre en la vorágine de la guerra? Añoro el día en que podamos comprendernos y alcanzar la armonía.*

Bajo el brillo radiante del sol, donde el calor abraza la tierra, / Un cielo nublado persiste, los días siguen empapados, / Pero en Tierra de Santos, la magia se aferra, / Sus campos guardan secretos y ocultos encantos.

Tierra de Santos, ciudad hermosa y sublime, / Sus altos edificios, majestuosos y erguidos, / Sus parques, limpios y llenos de vida, / Jardines fructuosos, donde sueños se han tejido.

En uno de los senderos, Rafael y Romeo caminaban hacia el cementerio, un lugar lleno de silencio, pues los lunes, Romeo, con devoción, se acercaba a visitar a los olvidados, aquellos sin nombre y sin remanso.

Él no buscaba una tumba en especial, ni un nombre en piedra particular, solo deseaba caminar entre las lapidas y dejar rocas como tributo. Su pequeña ofrenda; sincera para recordar a aquellos cuyas historias se han desvanecido en el tiempo.

Los lunes eran uno de esos días en que las personas brillaban por su ausencia en el cementerio, la gente hoy en día está tan ocupada que no visitan a sus amigos del otro lado del silencio.

—*Oye Rafa, si algún día me pierdo en las sombras, acude a mi tumba y trae consigo rocas* —susurra Romeo, con un dejo de melancolía en su voz—. *No me lleves flores, por favor, una vez que esté en la orilla del silencio, ya no serán necesidad para mí las flores. Las rocas, en cambio, serán gran compañía eterna para el alma sedienta de conexión, las flores durarán muy poco en mi tumba, es mejor usar las flores para los vivos y las rocas para el alma eterna de los muertos.*

—*Deja de envolverte en pensamientos sombríos, amigo mío. Enfoca tus energías en el aquí y ahora, en vivir plenamente, siempre piensa en vivir y no te des por vencido ante nadie* —responde Rafael, con una mezcla de preocupación y anhelo por sacar a Romeo de sus molestias internas.

Romeo, sorprendido, agradece con una pizca de asombro en sus ojos:

—*Gracias, querido amigo, por ese destello de dulzura en tus palabras. Es la primera vez que lo escucho de ti. Por cierto, desde que dejamos atrás las puertas de San Valencia, he notado que tu andar ha cambiado, te veo moverte de manera inusual. ¿Acaso enfrentas algún problema al caminar?*

Rafael, con una mirada enigmática, responde con cautela:

—*No, no hay problema alguno en mí, en mi caminar. Solo me resulta curioso que las persistentes arquitectas de organizadas sociedades salgan a trabajar en este momento en que las gotas de la lluvia acarician los caminos. El clima parece susurrarnos un enigma, invitándonos a descifrarlo.*

Era una conversación inteligente, incluso hasta poética, Romeo y Rafael cruzaban el cementerio al tiempo en que dialogaban. Pensaban que no se iban a topar con otra persona en ese lugar, sin embargo, para sorpresa de ambos, había alguien más bajo la lluvia visitando a los idos, y él también llevaba piedras, llevó una muy grande para un amigo muy querido, fue el pedazo de tierra solida más grande dejada ese día en el cementerio, puesta en la tumba de Jesús Antonio Hernández Romero.

Terminaron de pasar por el cementerio y llegaron a la biblioteca juntos como buenos amigos, ¡qué bonito es tener un amigo!, ¡qué bonito es tener a alguien de verdad con quien compartir! Luego se pusieron a leer libros, ambos leían *Diluvio ineludible* de Another Distance. En la escena del océano de rosas blancas, el escritor Another citó:

—*Como dos acróbatas del destino, nuestras almas están entrelazadas en un delicado equilibrio. Uno de nosotros debe bailar con gracia sobre el abismo de la desesperación, para que el otro pueda encontrar la fuerza para seguir adelante... o al*

Al giro del péndulo se tejieron minutos y horas, hilando así una jornada laboral que llegaba a su fin, en la cual Romeo y Rafael se la pasaron de paseo. Tenían permisos.

El sol se oculta, la escueta lluvia no cesa, las sombras llegan, vientos soplan el oscuro y mojado día, el sonido de los árboles señala una brisa fría a escoltas de los ecos de felinos ambulantes: son gatos adueñándose de las calles al compás de las personas descansar, sea por el pesado o ligero día.

Disfrutaron de un día pleno en compañía, incluso visitaron el zoológico, donde pudieron vislumbrar monos, jirafas, elefantes, chimpancés, osos, pingüinos, flamencos, cebras, ajolotes, okapis, un narval de colmillo gigante en espiral que se asemeja a un unicornio marino, manuls, kakapos, ornitorrincos y al imponente tigre azul.

Nota: La ballena en la ilustración es un animal real.
Andrea Stöckel imagen "Vector Ilustración de espada de narval" bajo licencia de dominio público.

Romeo se divertía sin cesar, llegando casi a caer en el espacio de las hienas para rescatar a una gallina que por algún motivo apareció dentro de ese lugar. La escena era una auténtica locura. En medio del bullicio y la algarabía del zoológico, la escena resultaba divertida para algunos espectadores que observaban su despiste desde lo alto de la pasarela, otros lo criticaron por interferir en la cadena alimenticia, a lo que él justificó que los seres humanos son parte de la naturaleza e intervendría todas las veces que la vida lo pusiera allí; atrapado entre las barras de separación que rodean el recinto de las hienas.

Fue gracioso y raro, las hienas iban a devorar al indefenso animal, pero se alejaron temerosamente cuando Romeo casi cae a su hábitat, por una inesperada distracción.

Con el pie enganchado y en peligro de caer en el hoyo donde se encuentran los animales, su situación se volvió tensa y desafiante. La gallina vio la oportunidad y saltó a los brazos de Romeo, ya cuando el personal de seguridad, más acostumbrado a las rutinas y la tranquilidad, acudió en tropel hacia el escenario, impidiendo que él terminará de caer, sacaron a Romeo con todo y gallina.

—¡Recuerda que eres un adulto, actúa acorde a tu edad! —exclamó Rafael, intentando en vano contener la sonrisa—. Mirad a estas personas, algunas no apoyan tu acto de heroísmo, tan indiferentes son, que solo observan lo malo y no ven que protegiste la vida y el bienestar de un animal.

—¡Está bien! —respondía Romeo—. Ellos ven desde la perspectiva de las hienas. Para las hienas, la acción de salvar a la gallina puede ser vista como algo negativo, ya que se le priva de su posible presa. ¿Qué te parece si mañana vamos al encuentro internacional de motocross?

—Si sale el sol mañana con gusto te acompaño.

—¡Qué gracioso! El sol sale todos los días, amigo mío, que las nubes de la lluvia lo opaquen es otra cosa.

—¿Y qué vas a hacer con esa gallina? ¿Sancocho?

—Me la quedaré, siempre he querido una gallina de mascota.

—Escúchame bien, Romeo. Una gallina sin gallo es una fábrica de hacer caca.

La noche aparece en compañía de sus soles oscuros, las flores de leche cierran sus ojos para ir a dormir, y con veracidad se expone, aquel no tenía ningún problema para andar, él se cercioraba para ninguna hormiga pisar. Romeo momentos después se dio cuenta de ello, los pasos de su amigo Rafael son tan complejo, ocultan elegías.

El camino fue siempre extenso, caminaron tanto, pero llegó el punto final del poema, en una esquina de la calle cerrada...

Rafael, triste, le dijo a Romeo:

—*En el reino de los recuerdos, donde la eternidad se encuentra con la nostalgia, te despides con gratitud y amor. Tu luz brillará siempre en nuestros corazones y tu amistad perdurará en nuestros pensamientos. Hasta que nos encontremos de nuevo en las estrellas, querido amigo.*

Romeo, sonriendo, le respondió a Rafael:

—*En el silencio de tus pasos se escucha el eco de las oportunidades perdidas y los sueños abandonados, pero también la melodía de la valentía y la resiliencia para seguir adelante y crear un nuevo camino. Hasta que nos encontremos de nuevo en las estrellas, querido amigo.*

En el mismo ínterin del compás Romeo y Rafael llegan a sus hogares, se separaron al caer la noche en una esquina:

Cuando Romeo abre la puerta de su casa, él espera encontrar a jazmín, Azucena, Cala, Hortensia, Amber, Gardenia, Acacia, Amapola, Roselia, Daisy, Amaranta, Alelí e Iris. Sus nombres, como notas melódicas en la partitura de la naturaleza, invocan a la belleza y al perfume embriagador, ellas son la colección de flores de Romeo.

Mas, la morada de Romeo alberga secretos aún más preciados. Su mirada escruta cada rincón, esperando la presencia majestuosa de Rolo, el roble centenario, cuyas ramas extendidas como abrazos protectores, custodian el corazón del hogar, su gran árbol en medio de la sala.

En la calidez del hogar, yacía el infante desamparado, acogido en los brazos amorosos de Romeo (niño que fue abandonado en el A24, Romeo lo rescató y luego tuvo que dejarlo en un instituto de protección de primera infancia).

Él abrió la puerta y exactamente ello fue lo que encontró y vio, puso la gallinita que rescató dentro de la cuna del ausente bebe, y como estaba muy cansado se fue al fin a dormir.

> —*¡Qué día más agotador! ¿Por qué mi amigo Rafa me ha dicho esas palabras tan repentinas y melancólicas?*

"Clo-clo-clo-clo-clo-clo". La gallina empezó a cacarear, tal vez no le gustó estar en una cuna para bebe.

[Pasado] —Meses atrás—

En una noche lúgubre, cuando las sombras se alzaban y los secretos se susurraban al viento, Rafael salía tarde de los confines de San Valencia, su puesto de trabajo, dejando atrás su amplia jornada laboral y una escena de discusión que resonaba en el aire. Su destino era el encuentro con la trágica historia de Neiko y Letea, una pareja desunida que habitaba cn lo más alto de un imponente edificio. Las alturas parecían susurrar su desdicha a medida que la oscuridad acechaba, desgarrando la delicada tela de su felicidad y abriendo paso a la manzana de la discordia.

Las voces de Neiko y Letea se entrelazaban en una danza tormentosa de gritos, sus palabras llevaban consigo el peso de una batalla por el control sobre la pequeña vida de su hijo, el niño Nelete. En medio del fragor de la discusión, surgía una pregunta, alimentada por la teoría del gen egoísta que insinuaba que el hombre, por naturaleza, se preocupa únicamente por sí mismo, sin importar los lazos sociales y los principios de la vida. ¿Sería Neiko un reflejo de esta naturaleza egoísta, cegado por su propia ambición? La respuesta parecía afirmativa, sus palabras se convertían en golpes verbales despiadados, quebrantando el espíritu de su esposa:

—¡¡¡De nadie será mi hijo!!! ¡¡¡ES SOLO MÍO!!!

Sin considerar las súplicas de los agentes y las voces de los civiles involucrados, Neiko utilizó a Letea como rehén de sus oscuros deseos. Haciendo caso omiso de cualquier principio moral, introdujo al pequeño Nele en una bolsa de basura y, desde lo alto del balcón de su apartamento, lo arrojó al vacío. El corazón se detiene en un suspenso agonizante, al tiempo en que el niño, indefenso y frágil, parece desafiar la gravedad misma. ¿Caerá al abismo sin fin? ¿Será la tragedia el destino que aguarda a este inocente ser de tan solo un año de edad?

En un giro inesperado del destino, el pequeño Nelete encontró un accidental salvador en los brazos de Rafael, quien casualmente pasaba por el lugar en el preciso instante en que la tragedia amenazaba con consumir a Nelete. El reportero, movido por un impulso casi divino, rescató al niño de la oscura bolsa de basura, lo sacó, evitando así su asfixia inminente.

¡Afortuna! El desenlace de este fatídico suceso se tornó en un halo de esperanza. Las autoridades tomaron cartas en el asunto, asegurando el bienestar del pequeño y devolviéndolo a los amorosos brazos de Letea, su madre. Por otro lado, Neiko, el despiadado perpetrador de la violencia intrafamiliar y el intento de asesinato contra un inocente niño, fue apresado y condenado a pasar el resto de sus días tras las implacables rejas de la prisión Suroeste. La justicia había hablado, y Neiko pagaría por sus crímenes con un castigo acorde a su maldad.

En las profundidades de la noche, en el mismo baile del mundo regocijado por el triunfo de la ley, los valientes uniformados Potidaan y Oreste desplegaban sus redes en una misión que reescribiría la historia del país. Capturaron al mal llamado dios del amor, aquel ser manipulador que había sembrado la desdicha en los corazones humanos.

Pero el destino, siempre lleno de giros impredecibles, tenía preparada una última sorpresa. Tres o quizás cinco días después de su encarcelamiento, Neiko, movido por la oscura furia que habitaba en su ser, logró escapar de las garras de la prisión Suroeste.

Ante este nuevo peligro inminente, Letea tomó la valiente decisión de huir del país con su amado hijo Nelete. Buscarían refugio en tierras lejanas, lejos de la amenaza que la acechaba. En su corazón, ardiendo como una llama inextinguible, llevaba la determinación de proteger y resguardar la inocencia de su pequeño tesoro. Ella escapó de Neiko escondiéndose para siempre, pero la sombra de la malignidad se extendía una vez más, por no tener información de Letea y su hijo; Neiko decidió dirigir su furia a todos los implicados directos o indirectos.

[Presente] —El universo parece detenerse—

En el mismo ínterin del compás Romeo y Rafael llegan a sus hogares, se separaron al caer la noche en una esquina:

Cuando Rafael giró la llave dentro de la cerradura y empujó la puerta de su hogar, su corazón latía con la esperanza de encontrar a sus seres más queridos: Vitoria, la serenidad encarnada; Esmeralda, la chispa de alegría; Nicobarica, la voz de la sabiduría ancestral; Tórtola y Columba, símbolos de paz y amor (colección de palomas). A ellas se sumaban Ipsue, su amada esposa; Melania, su confidente y hermana política, y Voluptus, su dulce hijo. Pero, al adentrarse en la penumbra de su morada, Rafael se encontró con un escenario aterrador:

Él abrió la puerta y exactamente ello fue lo que encontró y vio, mas… ¡con una pequeñísima gran diferencia!, sin incluir a las palomas: sus seres amados yacían sin vida, sus cuerpos inertes como estatuas. Sí. ¡Todos muertos!

"—Qué pena que finjas ser un hombre honrado."

La escena que se desplegaba ante sus ojos era insoportable, el dolor se apoderaba de su alma y la desesperación se entrelazaba con la angustia en un huracán de emociones desgarradoras. ¿Qué se siente cuando la tragedia golpea con tal violencia, cuando la muerte roba la vida a quienes más amamos? ¿Qué pensamientos cruzan la mente de aquel que es arrastrado por esta marea de sufrimiento? Rafael se encontraba en el abismo del desconcierto, su realidad se desdibujaba en un caleidoscopio de dolor y confusión. El lamento silencioso llenaba su ser, buscando respuestas en medio de un paisaje desolado.

"—El monstruo está dentro de ti."

Sus pasos vacilantes lo llevaron alrededor de los cuerpos sin vida, caminaba como si poco a poco se derrumbara, donde la sombra de la muerte se cernía sobre ellos.

Las lágrimas se mezclaban con el aire enrarecido, su corazón destrozado clamaba por una explicación, por un sentido en medio de la crueldad. Su aliento se escapaba lentamente, el ahogo de la tragedia amenazaba con sofocar sus últimas esperanzas. Con fuerzas titánicas, Rafael se arrodilló ante el suelo impregnado de muerte y pronunció unas preguntas enigmáticas que resonaron en el vacío:

—¿Qué significa este paisaje? ¿Por qué cada vez que trato de hacer las cosas al derecho pierdo el norte?

En esas palabras se concentraba la angustia de un hombre roto, su voz quebrada buscando comprender el oscuro enigma que envolvía su existencia. En aquel momento de profundo sufrimiento, Rafael anhelaba una respuesta que pudiera redimir su angustia y devolverle una señal de sentido a su vida destrozada. Pero, en ese instante, solo el silencio respondió, dejando al pobre Rafael sumido en una oscuridad abismal, donde los interrogantes y el dolor se entretejían en un baile horripilante. Su mente le jugaba una mala pasada con memorias indecorosas:

> "—... así como la noche es el estado natural del universo la realidad es que el sufrimiento, la injusticia y la maldad están presentes en gran medida en nuestro mundo. Prefiero vivir haciendo daño que vivir siendo dañada."

Del suelo estéril y desolado, emergieron girasoles, majestuosos y misteriosos, como heraldos de una nueva esperanza. Sus tallos se alzaron hacia el cielo, buscando el abrazo cálido del sol, mientras sus pétalos dorados cubrían los cuerpos inertes de los seres amados de Rafael. Los girasoles, en su efímera grandeza, se convirtieron en un manto protector, velando por aquellos que ya no podrían sentir su resplandor.

> "—¿Qué significa este paisaje?"

No obstante, la vista que se revelaba ante Rafael no era real. Su mente, presa de la desolación y el dolor, se había extraviado en los laberintos de la aflicción. Las Gretas Otos y Blancas Verdinervadas, delicadas mariposas que se habían formado a partir de la esencia de aquellos muertos, danzaban en un vuelo mágico y silencioso. El sol, testigo silente de la tragedia, descendía gradualmente en el horizonte, el sol tejía el escenario con un resplandor melancólico.

Rafael, consumido por la desesperación, se desplomó sobre el suelo cubierto de girasoles. Cerró los ojos con fuerza, esperando encontrar en la oscuridad una vía de escape de su pesar. Sin embargo, al abrirlos de nuevo, la realidad se impuso con repentina brutalidad. Su hogar se desplegaba frente a él, maculado por el rastro carmesí de la sangre derramada. No había girasoles, ni mariposas, ni la imponente caída del sol en un horizonte lejano. Solo quedaba él y los tres cuerpos sin vida de sus seres queridos. Y ahí, entre la devastación, se encontraba el culpable, el asesino de su hogar: Neiko.

"—¿Por qué? Si solo quería una vida normal."

En ese instante, el universo parecía detenerse, dejando espacio únicamente para el desenlace inevitable que se avecinaba.

¿La muerte de Rafael?

Mientras su corazón clamaba por el consuelo que solo el olvido podría brindar, su mente se consumía en un espiral de emociones contradictorias. Si dentro de él hay un ogro este hecho fue la llave que liberó ese diluvio.

A la mañana siguiente, el sombrío manto de la tragedia cubrió el lugar donde se celebraría la misa en honor a los Keniu. Los cuerpos de esta familia tan querida fueron incinerados, y el peso de la tristeza se posó sobre los hombros de Romeo, su confidente y amigo más cercano. Como si el destino jugara a burlarse de su dolor, le fue impuesta la tarea de arrojar las cenizas al mar, una desgarradora despedida que resonaría en su alma por siempre.

Romeo, sumido en una devastación insondable, no podía creer las palabras de la policía cuando le comunicaron la terrible noticia. Al principio, una risa amarga brotó de sus labios, como si pensara que se trataba de una cruel broma. Pero a medida que los uniformados profundizaron en su interrogatorio, la realidad se afianzó con fuerza y el semblante del valiente Romeo se tornó grave y taciturno. El nombre de Neiko resonó en la atmosfera, envuelto en una venganza que había cobrado la vida de su amigo y su familia.

La pregunta que martillaba en su mente encontró eco en el aire cargado de dolor: *"¿Por qué los mató?"*. Y la respuesta llegó con una contundencia desgarradora: *Represalia*.

La maldad y la crueldad habían sembrado su sombría cosecha, cobrándose un precio demasiado alto. Algunas veces, aquellos que desinteresadamente intentan hacer el bien terminan siendo víctimas de la retorcida malevolencia de otros. Rafael lo único malo que hizo fue actuar bien.

En medio del luto, otros compañeros de trabajo se unieron en la ceremonia para despedir a los Keniu. El semblante abatido de Romeo, sentado en silencio y con la mirada perdida, parecía cargar con el peso del mundo sobre su espalda. La devastación se manifestaba en su figura, mientras el fuego del dolor y la ira se encendía en lo más profundo de su ser. Sus compañeros, conscientes de la estrecha relación fraternal entre Romeo y los Keniu, sabían que el impacto de esta tragedia resonaría en su alma.

Las cenizas, portadoras de los últimos vestigios de aquellos seres amados, fueron arrojadas al mar bajo una lluvia torrencial que parecía reflejar la creciente furia que habitaba en el corazón de Romeo. Un adiós teñido de dolor y una despedida que despertó en él la fuerza de un león dormido. La maldad perpetrada por otros había enfriado los corazones de quienes quedaron atrás, dejando una cicatriz imborrable en su existencia. Pero en medio de la oscuridad, la semilla de la determinación y la sed de justicia empezaba a germinar, forjando un destino marcado por la búsqueda incansable de la verdad.

Los soldados que aún seguían sigilosamente los pasos de Romeo, debatían entre ellos la tragedia de su amigo y lo que podría implicar:

—*Veremos de nuevo al tigre azul.*

Las autoridades habían prometido buscar y capturar al responsable, pero unos días después, en una tarde llena de relámpagos en el cielo, Neiko irrumpió en la morada vacacional donde Romeo buscaba refugio en sus días de descanso. Justo cuando Romeo se sentaba a beber café, recordando a los Keniu, Neiko apareció, desafiante y sin temor alguno.

Romeo, fijando su mirada en los ojos del intruso, le lanzó unas palabras cargadas de ira y desesperación:

—*Tan temprano y se te esconde el sol. Sabes, por amor a la paz toleré a mucha gentuza de miércoles, pero cuando se meten con uno de los míos, mi cielo se obsesiona con gritos. ¡Quiero oírte gritar, te haré pedazos, Neiko!*

Era el inicio de un enfrentamiento directo, donde Romeo se convertía en un ser sediento de venganza, dispuesto a derramar sangre como un dios iracundo.

—*¡Era mi amigo, MI MEJOR AMIGO!* —gritó Romeo, desgarrado por la pérdida.

Pero Neiko, en su crueldad despiadada, respondió con indiferencia:

—*¿Y qué? No me importó y no me importará.*

En ese instante, Romeo estrelló la taza de café contra el suelo y se levantó de su silla con una determinación desbordante. Como un toro embiste al torero, se lanzó hacia Neiko, dispuesto a hacer justicia con sus propias manos.

Mientras el enfrentamiento parecía desarrollarse en una fracción de segundo, el tiempo se dilataba y la conciencia de Romeo resonaba como un susurro divino en su mente. Era un momento trascendental, un instante en el que se encontraba en una encrucijada entre la venganza ciega y una voz interior que le recordaba su humanidad. En medio de la violencia inminente, la conciencia o quizás la divinidad misma le hablaba a Romeo, instándolo a considerar el verdadero propósito de su existencia y a reflexionar sobre las consecuencias irreversibles que podrían surgir de sus acciones impulsivas.

"—Hijo, no olvides a tu mejor yo." —resonó una vez más la voz de la conciencia en la mente de Romeo.

La morada vacacional se revelaba como un santuario de cristal, donde cada rincón estaba adornado con muebles exquisitos, jarrones delicados, pinturas que contaban historias y esculturas que evocaban emociones. Allí, en medio de ese espacio impregnado de silencio, quietud y una gélida atmósfera, destacaba un imponente estanque que emanaba una serenidad incomparable. Era un lugar propicio para meditar y reflexionar, pero la perversidad encarnada en Neiko, portando un arma de metal, irrumpió sin dificultad alguna para perturbar la paz de Romeo.

"—Hijo, no olvides a tu mejor yo." —susurró nuevamente la voz interior.

Romeo, envuelto en el dolor irreparable que lo había consumido, respondió a su conciencia con desesperación:

—Con este daño tan profundo que he sufrido, estoy tan desconcertado que apenas puedo recordar mi propio nombre. Perdóname, pues me lanzo hacia el abismo del pecado. ¡Voy a destripar a ese despreciable individuo!

Por un instante, el tiempo pareció pausarse, pero la atrofia terminó y Neiko sacó de su pantalón el revólver, su espada contra el toro humano. Un estruendo ensordecedor resonó cuando dos disparos alcanzaron las rodillas de Romeo, dejándolo inmovilizado y haciendo que cayera al suelo en agonía.

"¡Romeo, no!", gritó alguien en el vacío, incapaz de presenciar la caída de su ser querido. El suelo se teñía de la sangre que brotaba de las heridas de Romeo.

"¡Estúpido!", dijo Neiko con desprecio, mientras colocaba su pie derecho en el rostro maltrecho de Romeo.

—*¡No lamento tu perdida! ¿Crees que maté a tu amigo por venganza? ¡Pues no!, lo hice porque disfruto arrebatar vidas, me dio la puta gana y punto.*

Vaya que es descarado ese tipo.

"¡Vamos, Romeo, levántate de ahí y no mueras!", clamó alguien en el vacío.

—*Síií...* —añadió el desalmado, su voz cargada de cinismo—, *Además, he venido a jugar a ser un dios. A ti, te enviaré directo al infierno porque no me gustó tu colección de estupideces. Me pareció demasiado afeminado, y ese árbol absurdo en medio de tu casa... ¡Bah! Me asustó, agradece que no te maté a la gallina, sin embargo, cuando acabe contigo iré a hacer un buen sancocho. No entiendo cómo pueden existir personas como tú y ese tal Rafael. Pero si hoy mueres, se acabará el linaje de estúpidos afeminados coleccionistas de pendejadas.*

La oscuridad y el tormento se cernían sobre Romeo mientras su vida se desvanecía, dejando tras de sí un rastro de tragedia y la crueldad de aquel ser abominable llamado Neiko.

Lo dicho por ese mal hombre significa que estuvo siguiéndole los pasos a Romeo.

En medio de la angustia y el dolor, el asesino Neiko exponía palabras hirientes hacia Romeo, quien yacía indefenso en el suelo, sangrando por las rodillas. Atrapado en su propio sufrimiento, Romeo permanecía en silencio, con los brazos abiertos y una expresión de resignación. Su conciencia parecía divagar en un momento en el que la supervivencia debería ser su principal instinto.

"— Ni me preocupa la dirección porque no sé a dónde ir, cualquier camino que elija servirá."

Murmuró su conciencia, pero sin encontrar la precisión que se necesitaba en aquel momento crucial. ¿Qué estaba pasando con Romeo y sus pensamientos en medio de esta situación en la que su vida estaba en peligro? ¿Por qué no sentía la urgencia de defenderse y asegurar su supervivencia?

Entonces Neiko le gritó tratando de humillarlo:

—*¡Pedazo de miércoles! Aunque me ignores por lo menos acepta que eres un fracasado, un solitario coleccionista de pendejadas, ¡ni siquiera tienes una familia!, ¡en cambio yo sí llegué a tener una! ¡Fracasado! ¡Sin hogar! ¡Sin familia! ¡Frustrado!*

Romeo parecía inmóvil, sin reaccionar ante las provocaciones y los ataques de Neiko. No mostraba preocupación por lo que el destino le deparaba, ni parecía tener el impulso de defenderse. Incluso cuando Neiko le pisaba el rostro de manera literal, Romeo parecía ajeno a su delicada situación.

—*¿Qué te pasa maldita sea?* —se preguntaba uno de los soldados que observaba todo lo sucedido desde la distancia, sin interferir.

La conciencia de Romeo intervenía nuevamente: "Romeo, ¿en verdad quieres marchitarte?". Pero había un enredo en sus pensamientos, una mezcla de frustración y desconfianza debido a experiencias pasadas. Siempre que había pedido ayuda, nadie había acudido en su auxilio. Por eso, ahora esperaba a nadie, sin tener la esperanza de recibir ayuda.

Pero su conciencia insistía divagando: "No te preocupes, a donde quiera que vayas encontrarás ruido y silencio, compañía y soledad, todo, nada, mucho, poco o algo. No te preocupes, ese aire tan normal no te puede estar asfixiando. No confundas el color azul con el negro...".

Transcurrieron unos segundos llenos de incertidumbre. "¡Siempre piensa en vivir, enfoca tus energías en el aquí y ahora!", exclamó la conciencia de Romeo, instándolo a tomar acción y aferrarse a la vida. Pero antes de que Romeo pudiera reaccionar, Neiko hizo sonar su arma de metal, disparando siete veces más, sumiendo la escena en un caos y dejando el destino de Romeo en un peligro aún más inminente.

Es lamentable, en el trágico desarrollo de los eventos, parece que Neiko ha asesinado a Romeo.

¿Acaso Romeo se ha marchitado a manos de Neiko? ¿Quién soportaría tantas balas, directas al pecho? Allí quedó, el hombre íntegro, noble de corazón, alma bondadosa, oh, ¡qué dolor que se pierdan vidas como la suya! Pero, ¿quién es el verdadero asesino en esta trágica historia? ¿Neiko, con su violencia desenfrenada, o Romeo, quien no alzó un dedo para protegerse?

Es frustrante ver cómo el destino de estos periodistas se desvanece de manera nefasta e insensible. ¿Habrán caído Rafael y Romeo en la sombra de la muerte?

—Romeo ¡idiota!, como es que mueres de esa forma tan vaga y con tan poco estilo —comentaban los soldados expresando su descontento—, *yo esperaba a un titán, ¡a un verdadero hombre!, no a una niñita doblegada por el descontrol y el dolor, idiota, ¿por qué te moriste?*

Esos hombres quienes han estados por semanas vigilando los movimientos de Romeo resultaron muy sorprendido. Ellos intuían la premisa de que Romeo iba a acabar con Neiko, por eso les parecía desalentador ver al tigre sin nada de resistencia. Uno de ellos se disponía a entrar y capturar a Neiko, no obstante, otro lo detuvo y le pidió seguir observando hasta terminar de ver qué realmente sucedía.

—Siéntate y observa bien para que no te engañen tus ojos —le indica el soldado a su compañero—, *ese sujeto que llaman Romeo no es un tigre, es un dinosaurio.*

Neiko da la espalda al sombrío escenario, desecha al suelo el arma ahora inútil que sostenía y, mientras se dirige hacia la salida, sus ojos se posan en un estanque profundo y misterioso a su derecha. A pesar de la lluvia que cae, su atención es captada por la figura cautivadora de una joven acostada en un flotador, deleitándose en las aguas mágicas y abismales. Parece ser una muy atractiva chica, la mente de Neiko se siente atraída por esa belleza y comienza a especular sobre sus siniestros deseos y la posibilidad de cometer actos violentos.

La puerta de cristal la abre con sigilo, y él se acerca sin emitir el menor ruido, Neiko, seducido por su propia oscuridad y atraído por el morboso y fascinante silencio que se cierne sobre el lugar.

Durante medio minuto, sus ojos permanecen fijos en la joven, su mente maquina la posibilidad de someterla y dejarla con vida, o de satisfacer su sed de sangre y acabar con su existencia. Pero, ¿qué es eso que perturba sus macabros pensamientos? Justo en ese momento, algo tomó su atención.

Las salpicaduras carmesí impresas en su chaqueta, producto de los disparos a corta distancia, eran sorprendentemente disueltas por la llovizna con inusitada facilidad. ¿Podría ser sangre real?

    —*¿Cómo es esto posible?* —dijo—, *la sangre no se disipa así de fácil.*

perplejo ante la fugacidad con la que la sangre se desvanecía bajo el influjo de la lluvia. Neiko roció su dedo índice derecho en una de las manchas, lo elevó frente a sus ojos y contempló asombrado cómo el líquido carmesí se desdibujaba, desvelando su verdadera naturaleza. ¡Sus ojos se abrieron como platos ante la sorpresa! Entonces, volvió su mirada hacia la morada vacacional y presenció cómo Romeo, con una lenta determinación, emergía del suelo en un ascenso gradual.

—*¡¡¡No está muerto!!!*

"Maldito", masculló Romeo con una mirada siniestra, su mente clamaba por justicia, no venganza.

¿Qué aire es este? ¿Qué presión arrolladora se cierne en el ambiente? Romeo se aproximaba a Neiko, quien contemplaba su figura como si el mismísimo diablo caminara hacia él. Paralizado, se encontraba frente a la encarnación de una tempestad devastadora, sus sentimientos hechos añicos bajo el peso abrumador.

—*Permíteme revelarte algo* —susurró Romeo con voz firme—, *soy cualquier cosa, excepto ingenuo o débil.*

¡BUMNNN!— ¡Un golpe feroz resonó!

Una trompada brutal de Romeo se estrelló contra Neiko, enviándolo de forma despiadada al interior del estanque. El impacto dañó su mandíbula por completo con un solo golpe, sumiéndolo en el abismo acuático.

—*(Cris ñao crush), es hora de alimentar a mi mejor colección* —dijo Romeo.

El clima se torna inquietante, una furia desbocada se desata en el ambiente, y apenas ha comenzado a sufrir los embates, ya se percibe la lástima suspendida en el aire por la cruel y posible forma en que Neiko podría ser aniquilado. Los ojos hermosos de Romeo, en la cima del odio, irradian una intensidad que hiela el alma. Algo extraño, perverso y siniestro se avecina en el horizonte. El entorno, el viento, el propio lugar, todo cambia vertiginosamente. La llovizna se transforma en una lluvia de granizo que ruge con ferocidad, mientras el frío se agudiza, calando hasta los huesos.

Neiko, ágil y veloz, se recupera del impacto y se esfuerza por salir del estanque. Sin embargo, sus intentos resultan inútiles, ya que los muros que lo rodean son altos y lisos, diseñados estratégicamente para impedir cualquier fuga. La única vía de escape, una cuerda para trepar, ha sido cortada previamente por Romeo, burlándose de su infortunio.

—*¡Ja, ja, ja, ja!* —Neiko suelta una risa nerviosa, entre su burla le pregunta al querido—. *¿Por qué no estás muerto, pedazo de miércoles?*

En un acto de astucia, Romeo se quita la camisa y revela llevar puesto un chaleco antibalas, demostrando su inteligencia y preparación. Además, ha utilizado el mismo líquido rojo utilizado en sus clases de teatro para confundir a Neiko en medio del caos y los disparos.

—*Pero eso no explica lo de las rodillas* —replica Neiko, dejando entrever su desconcierto.

Entonces, Romeo se quita una de sus prótesis y se la vuelve a colocar, revelando un oscuro secreto que estremece a Neiko. Hace años, Romeo perdió ambas piernas en un trágico incidente. Esta revelación hace que la mente de Neiko comience a cuestionar detalles que hasta ahora no se había planteado:

"—¿Por qué no hay nadie aquí? ¿Cómo fue tan fácil llegar y entrar en este lugar? ¿Cómo es que llegué aquí sin ningún problema?"

La semilla de la duda germina en su mente, alimentando sus sospechas y llevándolo a cuestionar la verdad detrás de los acontecimientos en los que se ha visto envuelto. Pensaba que era el cazador y terminó siendo el alimento.

¡Qué ingenuo!, Romeo manipuló a Neiko a su antojo, aunque pueda parecer un tonto, está lejos de serlo. El periodista intuía que el asesino de su amigo estaría tras él, ya que había ido tras toda la familia Keniu. Cuando Neiko visitó la casa de Romeo, creyó que era el cazador persiguiendo a su presa, pero terminó siendo cazado al caer en la trampa. Romeo le dejó una pista de su paradero y Neiko, como un animal sin raciocinio, caminó directo hacia su perdición. En la tauromaquia, no siempre gana el que estoca.

¿No es extraño ese estanque profundo? Parece no tener fondo y esa mujer sobre el flotador no se mueve.

—*¡Maldito coleccionista! ¿Qué significa esto?* —gritó Neiko, enfurecido— *¡Esto es un maldito maniquí, no una mujer, desgraciado!*

Algo rozó su cuerpo por debajo en el agua.

—*¿Y ahora qué, coleccionista?* —preguntó Neiko, petrificado.

Romeo se dio la vuelta, dándole la espalda mientras le comentaba:

—*Aparte de coleccionar flores... también soy un coleccionista de animales exóticos... y justamente... te he arrojado al lugar donde alimento... a..., ¡¡¡mi colección de doscientos cocodrilos!!!*

"¡Mi colección de doscientos cocodrilos! ¡Mi colección de doscientos cocodrilos!" esas palabras resonaron en la mente de Neiko, repitiéndose una y otra vez.

—*¡Doscientos cocodrilos!* —replicó Neiko, aterrado— *. ¡Espera, espera, espera! ¡No te vayas! ¡Ayúdame! ¡Ten piedad! ¡Por favor, espera! ¡No todo es lo que parece! ¡A mí me ordenaron asesinar a los Keniu!*

La situación se volvía cada vez más desesperante para Neiko, enfrentándose a una muerte segura entre las mandíbulas de las bestias hambrientas. ¿Podrá encontrar una forma de escapar de este terrible destino y revelar la verdad detrás de los Keniu?

Mientras los soldados observaban todo sin mover un dedo, como si estuvieran presenciando una escena de cine, uno de ellos se planteó si debían ayudar a Neiko, a lo que otro respondió: *"No, que sufra ese malparido"*.

El terror había dejado a Neiko sin voz, suplicando a Romeo con desesperación mientras el agua del estanque se teñía de su propio horror. El miedo lo había llevado a manchar su hombría, su pantalón y su ropa interior. ¡Qué vergüenza! Solo al imaginar estar en sus zapatos, puedo comprenderlo... 200 cocodrilos acechando debajo de uno, ¡ay mamá, que Dios me libre!

"¡Va a morir de una forma horrible!" resonó en la mente de los observadores, conscientes de que no había escapatoria para Neiko.

E inició el descuartizamiento, los cocodrilos emergieron desde lo más profundo del estanque para despedazar a Neiko. Trozo a trozo, parte a parte, su cuerpo era desgarrado en un frenesí salvaje. Los cocodrilos luchaban entre sí por destrozarlo, no dejando nada a su paso.

Con sus 80 dientes afilados, la mandíbula y el mordisco de cada cocodrilo eran tres veces más potentes que los de un león. ¿Qué nivel de dolor se puede experimentar cuando 200 cocodrilos se abalanzan a la vez?

Al final, solo quedó un dedo del maniquí, pues Romeo intervino para impedir que los cocodrilos se lo devoraran. En el último instante, al ver a Neiko paralizado de miedo, Romeo lo sacó del estanque.

Neiko quedó petrificado, su mirada fija en la brutalidad de la colección de Romeo. El terror que experimentó fue tan abrumador que nunca más volvió a perturbar la vida de nadie. Desde aquel momento, las visitas al psicólogo se convirtieron en su rutina diaria. Lo vivido junto a Romeo se cristalizó en un recuerdo indeleble, un trauma más aterrador que la propia muerte. Soñaría con ese momento durante el resto de su vida, y casi logra enloquecerlo por completo.

> —*Hijo, no hagas a los demás lo que no quieres que te hagan a ti, porque existen hombres comprometidos que se encargarán de devolver, de una u otra forma, el resentimiento que les hayas dado. Tigre azul, tan azul como la oscuridad del universo.*

Romeo se marchó, dejando a Neiko allí, contemplando la brutalidad de una pesadilla. Desde entonces, Neiko llevó consigo el recuerdo de aquel incidente, un recordatorio constante de su propia vileza. A partir de ese día, aprendió la lección de manera brutal y nunca más se atrevió a perturbar la vida de alguien más.

En la mitología griega Fobos representaba el miedo, temor y horror. Hijo de Ares (dios de la guerra) y Afrodita (diosa de la belleza). Sus hermanos eran Damon (Deimon) y Cupido.

En la mitología griega, Hefesto era el dios del fuego, la metalurgia, la forja, la artesanía y los volcanes. Era hijo de Zeus y Hera, pero su apariencia física era diferente a la de los demás dioses.

Gran telón:

Fobo y Hefesto contra Ángela

¡Los melodramáticos pianos de la guerra anuncian el asalto *eclipco* del danzar furioso de los girasoles! La gran y violenta ola que se le avecina a Ángela es una masa de lava de altura catastrófica.

La lluvia caía intensamente: *plic ploc, plis plas, plic ploc, plis plas, plic ploc, plis plas...* Era un sonido constante al ritmo en que los truenos sonaban en el cielo: *¡boom!, ¡crash!, ¡boom!* El repicoteo de la lluvia sobre el suelo fue similar a sentir el tamborileo firme de una tropa invisible.

Días atrás unos guardas le dispararon a Ángela, la hirieron de gravedad, pero no murió.

¡Plic, ploc! ¡Boom! Como golpes a tambores en el cielo.

La encendida vida de Ángela se cruza en el campo putrefacto de Fobo. La lluvia parecía que iba a devorarlo todo, anunciando la llegada de la catástrofe desde lo más alto. Como si fuese el mismo sonido de la trompeta que anuncia el inicio del apocalipsis bíblico; un ensordecedor "¡bwooohh!" resonó en el aire, estremeciendo la tierra y el alma de quienes lo escuchaban.

La tierra no gira hacia el lugar indicado. ¿Quién es ese acercándose? Huele a flores podridas.

Mientras existan seres con perversa deshumanización este mundo seguirá yendo camino al barranco. No hay retorno, el paraíso permanecerá prohibido y el infierno continuará teniendo sus puertas abiertas para que los demonios salgan en busca de agobios. Aunque no vayamos igual es un hecho que, por la maldad de otros, seguimos juntos la ruta hacia el abismo.

Uno de los soldados traídos de Turben Ira resultó siendo Fobo, un enano desquiciado y loco de estatura ínfima, apenas un metro y treinta centímetros de pura ferocidad. Muy fuerte, muy violento, muchos problemas para cualquiera que lo enfrente.

En su mente arde una tormenta interminable, envuelto en el perfume ácido de lo detestable. Portador del trastorno de identidad disociativo, su existencia es un pálido reflejo de la ajena desesperación. Los locos no son valientes, son simples prisioneros de sus propias almas atormentadas, así es él.

La mirada de Fobo es oscura y agresiva, como si sus ojos fueran flores marchitas u hojas secas en un otoño eterno. Si las miradas tuvieran el poder de arrebatar vidas, la suya apagaría el mismo sol, incendiando todo lo que ya se encuentra envuelto en llamas. Sus ojos destilan rabia, odio y resentimiento porque en la vida de él el aire es ira.

Es este enano furioso uno de los compañeros de baile de nuestra feroz protagonista.

En su nuca lleva marcado un tatuaje textual que proclama *"Ni Dios, ni amo"*, mientras que en su cuello reposa otro que reza *"Yo soy el verdadero Lobo Feroz"*. Su existencia es un cielo oscuro, una constante penumbra sin estrellas ni destellos de luz. Fobo se encuentra anclado en la niñez, en ese ámbito de furia desbocada, melancolía persistente, nostalgia dolorosa y saña desmedida. Dela niñez proviene su rabia.

La vida nunca le obsequió las herramientas necesarias para superar las desdichas. Su único lazo era su hermano mayor, quien le fue arrebatado por el inmisericorde Cupido.

Pero Fobo va más allá, es una encarnación de la vehemencia en su máxima expresión. Es un silencio retorcido y destructivo, un necio sin igual que, aun sabiendo que no tiene razón, se niega a reconocer su error. Fobo personifica el miedo, el horror y la desesperación en su estado más puro y extremista posible, es pura purpura de miedo y violencia.

Plic ploc, plis plas, plic ploc, plis plas, ¡boom!, ¡crash!, ¡boom!, ¡crash!

Días atrás, los disparos de los guardias hirieron de gravedad a Ángela, quien se encuentra en proceso de rehabilitación en una sala destinada a la recuperación de los heridos. En este momento, Fobo, el maldito enano, irrumpe en la habitación, trayendo consigo un aura de flores enfermas que parecen crecer dentro de él.

El chirrido tétrico y cadavérico de la puerta al abrirse, *¡chiiiiiirrr!*, anuncia la entrada de Fobo al compás de los rayos sonar como explosiones de tambores en el cielo. Arrastrando una porra rompemuros con una mano, cuya cabeza cuadrangular pesa 20 kilos. Fobo se presenta igual a un ser diminuto, pero increíblemente fuerte. Eleva la imponente porra, como si fuese el mismísimo Arturo extrayendo la espada de la roca, sin pensarlo: *¡¡¡CRAC!!!*, impacta el pesado martillo contra la persona que se recuperaba en la camilla izquierda, sin embargo, Fobo comete un terrible error. Golpeó con fuerza desmedida a uno de los soldados compañeros que se encontraba en proceso de recuperación de un grave accidente. El impacto fue devastador y el soldado muere instantáneamente. Fobo le aplastó el cráneo dejándolo como el jinete sin cabeza.

> —*Me equivoqué* —susurra Fobo—, *igual como Dios erró al crear a la humanidad. Enmendaré mi error apuntando a la derecha, igual como Dios una vez emendo el suyo con el gran diluvio.*

Preparándose para propinar el mismo golpe al paciente que se encuentra al lado, a Ángela de Áglae, Fobo agarra la empuñadura de la rompemuros con ambas manos. Está dispuesto a utilizar todo su poder en ese siguiente golpe, no obstante, su mente enfermiza lo detuvo al exponerle:

> —*Si la mato de esta forma* —se dijo a sí mismo—, *ella no sufrirá porque morirá de forma instantánea. Yo no disfruto simplemente acabando con la vida de la gente, mi deleite radica en hacer que anhelen la muerte, sumergirlos en un abismo de desesperación y tortura. Será mucho más satisfactorio esperar a que despierte y luego jugar con ella, como el gato juguetea con el ratón antes de aburrirse. Ese es mi verdadero placer, ver, forma y manera, cómo se*

Fobo es una figura aterradora, un espectáculo de terror encarnado en un solo ser. Sus palabras retumban en el aire, son escalofriantes y están llenas de malicia. Su voz, una combinación de relajación y tono agudo, tiene un matiz siniestro que penetra en lo más profundo del alma. Es difícil imaginar cómo puede existir alguien tan despiadado. Su maldad parece sobrepasar incluso las oscuridades más profundas del infierno.

Recuerdo una página oculta en las memorias de la historia, un capítulo oscuro en la época de Ilustración, donde se narraban los actos de un soldado conocido como "el sanguinario". Su salvajismo era vasto y extenso, una selva profundad de inhospitalidad, pero el apodo también hacía referencia a lo que concebía con sus víctimas. Las torturaba inclusive llevándolas al límite de la desesperación, empujándolas al borde del abismo hasta que decidían poner fin a su propia existencia mediante el suicidio.

Fobo, sin duda, parece ser un heredero de esa oscuridad, un ser retorcido y despiadado que se regocija en el sufrimiento ajeno. Sus acciones y sus palabras son el testimonio de una mente perturbada y enferma. No hay límites para su crueldad, y solo podemos preguntarnos qué demonios habrán creado a un ser tan monstruoso como él, ¿por qué la vida permitió que él y otros de su tipo nacieran?

—Sí. Yo voy a esperar, al menos dos minutos… o tres. Pasado ese tiempo le aplastaré la cabeza.

Ángela todavía se está reponiendo de los disparos, aún continua inconsciente, si logrará por lo menos en esta noche volver en sí, si logrará levantarse de esa camilla, quizás, solo quizá tenga una oportunidad ante ese maniático, no obstante, ella continua inconsciente, somnolienta en esta noche mojada involuntariamente recordando:

[Años atrás: cuando apenas ella tenía 12 de edad]

Ángela paseaba por las afloradas calles de Los Santos, donde los rayos del sol acariciaban las hojas y flores de los árboles en su plena magnificencia. Himeneo de Áglae, su hermano mayor, y Morfes de Hipnos, el amigo inseparable de su hermano, jugaban entre las ramas, desafiando la gravedad al parejo en que las flores bailaban a su alrededor en un mar de colores. Ángela cruzó por donde ellos jugaban en aquel hermoso atardecer y luego desapareció de sus vistas.

[92 s, 91 s, 90 segundo para el impacto de Fobo]

—¿Quién es la damita que acaba de pasar? — preguntó Morfes, maravillado por su belleza.

—*Es mi hermana menor* —respondió Himeneo con orgullo en su voz.

Una chispa traviesa brilló en los ojos de Morfes en el instante en que le lanzaba una mirada pícara a su amigo, y exclamaba mientras se apoderaba de una pomarrosa:

—*¡Ah, pero qué niña más fea! ¡Se parece a ti, con razón son familia!*

El rostro de Himeneo se oscureció, sintiéndose ofendido por las palabras de Morfes. En un arrebato de ira, lanzó una piedra que encontró su objetivo en el ojo de su amigo. Morfes cayó de las alturas hacia las flores sin soltar su fruta, parecía como si la misma naturaleza hubiera intervenido en el juego, sirviéndole de amortización en la caída. Y Morfes se quedó tumbado en el suelo, sin embargo, con una sonrisa en los labios, él intentó justificarse ante Himeneo, diciendo:

—*¡Sí que eres* idioto*! No era para tanto. Solo estaba bromeando. ¿Y si me hubieras sacado un ojo? Antes de hacer una tontería, dominado por una emoción pasajera, primero pienses en las consecuencias.*

Las palabras criticas de Morfes eran refinadas y, para ser un simple niño, llevaban dardos que hacían que Himeneo se enojaran más. Oírlo hablar de esa forma no era agradable para su amigo, aunque era un mensaje valido y muy sensato de escuchar, a veces por una emoción de minutos terminamos lamentándonos de por vida. Antes de cualquier acción se debe pensar en las consecuencias.

Hubo un leve momento de calma y serenidad… cuando los sentimientos en Morfes empezaron a desarrollarse para dar lugar a algo nuevo, como la germinación de una semilla que rompe su cubierta para emerger. Con una dulzura inesperada, Morfes añadió a su justificación:

—En realidad la damita es tan bella como la puesta de sol que se observa al estar al frente del mar.

Algo en él incoó a brotar… durante la germinación la semilla absorbe agua y nutrientes del entorno, se hincha y rompe su cubierta para que la raíz y el brote puedan emerger hacia el exterior. Es un momento crucial en el ciclo de vida de una planta, así es el inicio de un sentimiento nuevo en el corazón; algo lo estimula y si absorbe nutrientes del entorno se hinchará y romperá su cubierta para dar primicia a lo que puede llegar a convertirse en amor, amor verdadero, amor sincero, amor leal, amor eterno, amor de dos o amor que nos falta.

Sin que ellos se dieran cuenta, Ángela escuchaba en silencio las palabras cargadas de ternura de Morfes. Cada una de ellas se adentraba en su corazón, dejando una huella profunda.

—... Oye, Himeneo, ¿te gustaría ser mi cuñado? — preguntó Morfes, con una mezcla de inocencia y picardía en su voz.

*—¡¡¡¡No!!! —*respondió Himeneo sin titubear, dejando en claro su rechazo a la idea.

—Ese es el maldito problema contigo, tú eres de los que no piensan a la hora de hablar o responder. Mira los beneficios, si te conviertes en mi cuñado seremos mejores amigos para toda la vida, bueno, al fin de cuentas, no me importa mucho tu bendición, pues es ella quien debe aceptarme, y si dos seres que se respetan el uno al otro quieren estar juntos nadie debe meter sus narices.

Ángela continuó escuchándolos en secreto, cada palabra resonaba en su interior como baladas de un cuento de hadas. Incluso presenció el segundo acto de travesura y berrinche, el momento en que Himeneo lanzó otra piedra a Morfes, golpeándole en la cabeza.

[63 s, 62 s, 61 segundo para el impacto de Fobo]

Aunque Morfes estaba visiblemente molesto, no pudo evitar preguntar con una mezcla de curiosidad y desconcierto:

—¿A qué se debió la segunda piedra? —cada pregunta posterior las hacía enraizándolas en tonos poéticos— *Mi corazón se siente en pena, ¿acaso es un pecado que un buen hombre declaré sus sentimientos? ¿Confesar lo que siento y ser rechazado me quita hombría? ¿Te molesta que tu mejor amigo se enamoré de una de tus encantadoras hermanas? ¿Desde cuándo es un delito amar? ¿Acaso no es amor junto al valor de expresar lo que sentimos lo que llevará a este mundo a la salvación?*

La respuesta de Himeneo no se hizo esperar:

—*¡Oh, querido Shakespeare de pacotilla! ¡No, no y no! No hay ningún problema en que te declares o que ames a mi hermana o lo que sea, pero antes de ilusionarte trata de conocerla. Busca en sus defectos motivos para amarla y si no le vas aportar nada bueno, entonces no le quites nada malo.*

Fue como observar a un par de bebes teniendo una discusión concisa, enfrascados en un dilema que no dominaban mientras pensaban en qué juegos o travesuras realizar. Ángela no pudo contener su risa, le pareció gracioso este hecho en donde ella sin querer era la protagonista.

—*¿Quieres conquistar a mi hermana?* —le preguntó Himeneo a su amigo.

Después del evidente sí de Morfes, Himeneo añadió:

—*Le gustan las flores y los chocolates. Mañana puedes ir a comprar flores y muchos chocolates, yo con gusto se los pasaré.*

—*¡Claro!* —respondió Morfes muy emocionado—. *¡Haré eso!*

Desde aquel día en la tarde, Morfes comenzó a llenar la casa de su amigo con flores preciosas para Ángela, Himeneo le entregaba a ella las flores, pero se comía los chocolates.

En los susurros de las calles, corrían rumores de que los padres de Morfes nunca le daban dinero, lo cual intrigó a Ángela. Decidió preguntar a Himeneo sobre el origen de las flores, especialmente los claveles amarillentos con toques blancos.

—¡Las roba del cementerio! —exclamó Himeneo entre risas—. Bueno, mentí un poco. Trabaja una hora al día limpiando la floristería. Su sueldo se compone de unos pocos dulces, algunas flores, libros antiguos y chocolates. Parece que se ha enamorado de ti, y al parecer, los golpes en su cabeza de coco de colibrí no han sido suficientes para alejarlo. Tal vez algún día tenga que tomar medidas más drásticas, pero mientras siga trayendo chocolates me parece bien que siga enamorado como un idiota.

[40 s, 38 s, 37 segundo para el impacto de Fobo]

Por un lado, ella se sintió reconfortada al saber que su enamorado era honesto y no se involucraba en comportamientos inapropiados para acortejarla. Sin embargo, experimentó cierta incomodidad al darse cuenta de que su propio hermano estaba aprovechándose de los sentimientos de su amigo.

La primera vez que Morfes envió flores a Ángela, lo hizo acompañándolas de un mensaje:

«Las flores son para los vivos, no para los muertos. ¿Seré el primer hombre en ganarme esta distinción? Si alguien me ha precedido, eso significa que en tu vida

hubo o hay una persona muy especial. Aquel que te ha regalado flores te ha entregado algo más valioso que el oro: su corazón.

Las flores se marchitarán y tendrás que deshacerte de ellas, pero el recuerdo nunca morirá, y nunca podrás borrarlo. Contempla estas flores con detenimiento porque su valor supera al del oro.

Quiero decirte que estás flores simbolizan mi deseo de verte siempre florecer. Quiero decirte que te quiero y te seguiré queriendo incluso si el sentimiento no es compartido.

Feliz casi día de San Valentín, querida».

Las flores de Morfes llevaban consigo una moraleja profunda: Cuando Cupido dispara su flecha a un hombre o una mujer, aquellos que se han enamorado con sinceridad regalan obsequios que perdurarán en la eternidad. Cualquiera puede regalar un buen rato en una fiesta, una comida especial, prendas o salidas a algún lugar, pero aquel que no desea ser efímero, sino eterno, piensa en una atención significativa que rivalice con el ritmo del tiempo.

Morfes no pregunta simplemente: *"¿Seré el primer hombre en ganarme esta distinción?"* No, en esa pregunta había algo más trascendental. Él cuestionaba si ninguno de sus primeros amigos había sido capaz de entregarle su corazón.

¡Qué hermosas son las flores! ¡Qué hermosas son las flores entregadas con amor! ¡Qué bello es el hombre que, al mirar a una mujer, ve en ella el ocaso!

Lo que necesita este mundo es trabajar más en los sentimientos que nos haga mejor, alejarnos de la furia y acércanos más a los girasoles.

[Muy pocos segundos para el impacto de Fobo]

Prosiguiendo… Justo después de terminar su conversación con Himeneo, Ángela fue llamada por su madre. Eurínome, la señora Áglae, sentada en el comedor, contemplaba con una sonrisa la belleza de las flores dejadas por el enamorado de su hija, girasoles cuidadosamente dispuestos en un florero de cristal.

—*¡Bebe!* —así la llamaba la señora Áglae—, *¿puedes venir? Por favor, debo arreglarte el cabello.*

La madre sostenía en sus manos un peine plástico, y cuando Ángela se acercó, ambas se miraron de manera fija. La niña se puso de espalda y el peine empezó a deslizarse con suavidad y cariño por los cabellos de ella. Siempre ha tenido un pelo largo, entonces el peinado dispuesto a hacer era uno suelto, tranzado y ondulado en las puntas.

—*Ese niño debe quererte mucho* —comentó la señora Áglae—. *Las flores son hermosas.*

—*Sí* —respondió Ángela con una dulce melancolía—. *Mi hermano me dijo que no las robaba del cementerio, sino que trabajaba para conseguirlas.*

Eurínome sonrió y terminó de desenredar el cabello de su hija menor, las otras dos niñas, hermanas de Ángela, estaban estudiando. Cuando empezó a ondular las puntas dijo:

—*Las flores son hermosas, no dejes que el corazón de quien te las ha entregado se marchite. Además, sería bueno que le hagas saber a Morfes que ya no te envíe chocolates, pues no son de tu agrado y es tu hermano quien se los termina comiendo.*

—*Sí señora*—respondió Ángela quien siempre obedecería cualquier orden de su madre.

—*Pronto hablaré con Hime para reprenderlo por lo que hace, él cree que yo no me doy cuenta de sus picardías.*

Qué bellos son algunos recuerdos, lástima que a veces se transforman de la nada en pesadillas.

[02 s, 01 s, 00 segundos, el impacto de Fobo]

Al concluir el hermoso peinado, un cambio repentino envolvió el ambiente. La sonrisa radiante de la señora Áglae se desvaneció, reemplazada por un gesto brusco que culminó con una cachetada dolorosa a Ángela, mientras le gritaba con desesperación:

—*¡Hija, despierta! ¡Rápido, despierta!*

Ángela se encontraba desconcertada y temerosa, sin entender lo que sucedía. El miedo se apoderaba muy rápido de ella, preguntó angustiada:

—*¿Qué sucede, mamá? ¡Me estás asustando!*

En un intento desesperado por proteger a su hija del monstruo infernal que la acechaba, no solo en sus recuerdos, sino en la cruda realidad de la sala de rehabilitación, la señora Áglae empuñó el florero de cristal y... ¡pass!, lo estrelló contra la cabeza de la pequeña Ángela. La niña cayó al suelo, sangrando, y a la vez que sus párpados se cerraban lentamente, aún podía escuchar las palabras desgarradoras de su madre:

—*¡Lo siento hija, perdóname, pero tienes que despertar!*

[Presente]

¡Boommm! Un estruendo ensordecedor retumba en el cielo, en perfecta armonía con el estruendo que provoca la rompemuros al ser desatada cuando cae como si también fuese un rayo.

Fobo, el despiadado enano, se encuentra en la sala de rehabilitación, empuñando su porra gigantesca. Sin piedad, la hizo bajar sobre la camilla de Ángela, dejándola desplomada con las patas rotas y dobladas contra el suelo.

Sus burlas grotescas se entremezclan en la escena, llenando el ambiente con su risa enfermiza. Entre carcajadas grotescas, Fobo se regocija por su acto malévolo.

—*Buaja, buaja, buaja... ¡Ja, ja, ja, ja!* —sus burlas retumban en la sala igual que los relámpagos retumban en las nubes. Sus burlas representaban los ecos de una demencia irrevertible.

Ángela reacciona en el último instante, logrando apartarse justo a tiempo para evitar el impacto de la porra en su rostro. Un segundo más, y ella habría compartido el trágico destino del soldado cuya cabeza fue aplastada sin piedad por Fobo, el soldado de la camilla izquierda a quien a inicios Fobo apabulló.

El bello *sueño* se desvanece y en su lugar emerge una terrible pesadilla.

Ya en sí, ella se pone de pie, luego se cuestiona: ¿Qué ha sucedido y quién es ese psicópata que está en frente? Con determinación, se dirige directamente a él y le interpela:

—*¡Ey!, pendejo de risa ridícula, ¿quién eres y qué diablos quieres?*

El individuo, con una expresión de deleite, responde como cantando:

—♪*Juguemos en el bosque, mientras el lobo no esté aquí, ¡¿lobo está?!*♫

Su voz revela una inquietante dosis de locura. Fobo está completamente desequilibrado. El soldado a quien mató era uno de sus compañeros y en definitiva no le importa, esa insensibilidad representa un peligro inminente para cualquiera que lo tenga de frente. ¿Qué hará Ángela?

Plic-plic, plas-plas, plic-plic, plas-plas.

Ángela, recién despertada de su bonito recuerdo, se encuentra ahora frente a Fobo, el feroz enano. La tensión en el aire es palpable, parecido a una niebla densa que envuelve el espacio y penetra hasta lo más profundo del ambiente. La figura retorcida de Fobo se yergue ante ella, emanando una oscuridad malévola.

¡Plic, ploc! ¡Crash!

Sus ojos, desprovistos de cualquier rastro de humanidad, destellan con un brillo enfermizo. Son como dos orbes contaminados, los cuales tratan de penetrar en el alma de Ángela tóxicamente. En esos ojos se refleja la maldad pura, son igual a ventanas hacia un abismo sin fin.

La sonrisa de Fobo es una mueca siniestra, retorcida y llena de perversidad, contaminada por el consumo abusivo del cigarrillo. Sus labios se curvan hacia arriba de manera antinatural, revelando una hilera de dientes amarillentos y afilados, son cuchillos oxidados listos para desgarrar todo a su paso. Cada rictus de su boca desencadena un escalofrío que recorrería la espalda de una persona normal, un presagio de la violencia que yace oculta en su interior.

Fobo está completamente contaminado, no tiene remedio igual que el problema en sus pulmones, tiene más humo que aire.

Boom. ¡Boom! ¡¡Boom!! ¡¡¡Boom!!!

La postura de Fobo es torcida, similar a un ser poseído por una entidad maligna. Su cuerpo encorvado y ensortijado, como una marioneta manipulada por hilos invisibles del demonio. Cada uno de sus movimientos es errático e impredecible, estamos ante un ser cuyo baila al compás de una melodía infernal.

¡Qué intenso! El aire a su alrededor parece cargado de energía oscura y opresiva. Cada vez que Fobo exhala, el vaho que escapa de sus labios es ardiente, fuego.

Ángela se encuentra en una situación desafiante, consciente de su desventaja ante el rudo y salvaje Fobo. Aún no se ha recuperado por completo de las heridas que sufrió, pero su determinación y su pasado oscuro le otorgan una fortaleza predecible, ella no pertenece a la clase de mujer que se deja intimidar.

El enfrentamiento entre ellos parece inevitable, un choque de dos seres terribles que han dejado un rastro de destrucción a su paso.

Tratando de conocer la identidad del demonio frente a ella, Ángela rememora un oscuro episodio de su pasado en el que asumió la apariencia de Cupido y llevó a cabo un acto macabro. Descuartizó a alguien que resultó ser una persona amada por Fobo: su hermano mayor, Deimon. Sin piedad, ella cocinó sus restos en aceite y los dividió en cuartos, para luego utilizarlos como alimento para los cerdos.

No es sorpresa que haya un gran número de personas sedientas de venganza contra Cupido. Ella es considerada la responsable de un número cercano a mil muertes, sumergiendo a innumerables familias en la tristeza y la pérdida. Por su parte, Fobo es conocido por la tormenta que azota su mente: es un ser desquiciado, vengativo, cruel, fuerte y de estatura reducida. Su ira y su locura lo consumen, convirtiéndolo en un ser oscuro y siniestro cubierto de cicatrices. Fobo es, sin duda, un gran monstruo en todos los sentidos de la palabra.

Es decir, la brutalidad de sus acciones y la maldad que emanan de ellos no dejan lugar a dudas: tanto Ángela como Fobo son criaturas terriblemente perturbadoras. Para el bienestar de la sociedad y del mundo en general, algunos podrían argumentar que sería preferible que ambos encontraran su final en una lamentable muerte dentro de este choque que se avecina.

Sus caminos se cruzan en el apogeo de la eterna lluvia.

Ahora que se encuentra frente a Ángela, se despiertan en Fobo sus instintos más feroces, el lobo hambriento que acecha en su interior. La bestia infernal se sacude y el temor y el terror se apoderan del ambiente, anunciando la llegada de sus verdaderos demonios: el sanguinario sin emociones construido por los ejércitos.

La sala de rehabilitación se transforma en un campo de batalla, un escenario donde estos dos seres se enfrentarán. Desafortunadamente, Ángela no se encuentra en plenitud física, lo que otorga una clara ventaja al endiablado enano. Los truenos en el cielo siguen rugiendo y las nubes oscuras continúan precipitándose. Esta noche si será extremadamente intensa, las sombras que traen prometen ser épicas y llenas de consecuencias devastadoras.

¿En qué momento se empezarán a matar estas dos bestias? ¿Quién saldrá con vida? ¿Ángela podrá escapar de su pasado como Cupido?

"¡BWOOOHH!"

¡Empezó! Todo sucede en un abrir y cerrar de ojos, sin dar tiempo a la espera: Fobo suelta la rompemuros y se abalanza hacia Ángela con intrepidez. Reduce el espacio entre ellos, como un lobo persiguiendo a una niña vestida de rojo. Sus puños se elevan delante de su rostro, mostrando sus colmillos como el lobo rodeando a su presa. Gira su cadera con una precisión de 120 grados, saltando como un lobo enérgico. Extiende su brazo izquierdo apartándolo de su rostro, abriendo su enorme boca en el aire. Luego, con una aceleración imparable, su cuerpo regresa y descarga un golpe devastador, partiéndole el rostro a Ángela y estrellándola contra la pared, como si el lobo clavara sus colmillos en el cuello de Caperucita Roja.

La situación es desalentadora y parece que el enano está dispuesto a masacrarla sin piedad.

Antes de que Ángela pueda siquiera asimilar la gravedad de sus heridas, Fobo utiliza la palma de su mano derecha para empujar su cabeza contra el muro detrás de ella. En un frenesí de violencia inhumana, comienza a golpear su cabeza contra el duro concreto una y otra vez. Los impactos ocurren tan rápidos en una cuenta frenética de uno, dos, tres, cuatro hasta llegar a doce veces, todo en menos de cinco segundos. Cada golpe es un acto de brutalidad despiadada, sin darle respiro ni oportunidad de defenderse.

Finalmente, Fobo libera su agarre y el cuerpo maltrecho de Ángela cae inerte al suelo. El dolor y la sangre impregnan la escena, mientras su frágil figura yace derrotada, testigo de la crueldad desatada por el enano endiablado.

Fobo está ganando ese enfrentamiento con clara facilidad.

> —*Buaja, buaja, buaja. ¡Ja, ja, ja, ja!* —Fobo se burla una vez más, disfrutando de la fragilidad de Ángela—. *Estoy decepcionado, pareces una mujer común y corriente. ¿Realmente eres Cupido? Quizás, solo quizás, se necesitan más actos atroces para sacar al monstruo que vive dentro de ti.*

Ángela, con las lágrimas de sangre pintando su rostro, responde sin cobardía ni miedo:

> —*¡Perro infeliz!, ¡juro que algún día te haré pedazos, te dejaré peor que a tu querido hermanito! ¡Lo recuerdo bien! ¡Los Cupidos lo hicimos añicos!*

Sus palabras, aunque cargadas de rabia y dolor, evidencian una chispa ardiente en el corazón. Aunque herida y vulnerable en ese momento, su voluntad es fuerte, prometiéndose a sí misma que no descansará hasta que Fobo pague por lo que le ha hecho.

A Fobo le desagrada mucho esas palabras y por ello saca un taser de su pantalón, un arma de electrochoques, y toma a Ángela del cabello para introducir el taser en su boca.

—*¡Ah caray! Tienes buenas agallas y una boca bien grande. Pero… entiende… ¡Yo soy quien manda aquí ¡MALDITA SEA!*— grita Fobo mientras Ángela sufre la brutal descarga.

Le activó un chispazo eléctrico de mil doscientos voltios, una acción salvaje y espeluznante.

Fobo quería que Ángela perdiera ese instinto de pelea, apagar la llama de su lucha, pero al volver a ver sus ojos, después de freírle toda la boca, él notó que el brillo en su mirada seguía allí. Asombrado por la arrolladora falta de miedo, él le susurra en el oído derecho:

—*Pese a solo ser la sombra del dragón, de verdad tienes muy buenas agallas —desde aquí le grita—. ¡PERO TE ARRASTRARÉ HASTA EL INFIERNO Y TE ARROJARÉ CERCA DE UNA CRIATURA MÁS REPUGNANTE QUE LOS PROPIOS CERDOS!*

—*¡BUA… JÁ!* —finalizó sus gritos burlándose.

Por ahora Fobo vence sin mayores verás, sin embargo, debería tener cuidado, no es un simple gato a quien le está pisando la cola, pisa uno de los tentáculos del temible *Kraken*. Un rival de gran historial.

Ángela termina inconsciente. Se le complica más las cosas por los choques eléctricos.

Y el plan maquiavélico del endiablado enano es llevar a Ángela al mismísimo infierno, arrastrándola por su cabello hasta la celda más desolada de la inmensa prisión de Erebo.

Esta celda se asemeja a una siniestra caverna, quizás un sótano olvidado bajo la prisión o incluso un vasto agujero infeccioso. Allí se aglomeran todo tipo de escombros, acompañados de cuervos gritando, ratas husmeando, gusanos retorciéndose y cucarachas corriendo. El aire está infestado de repugnantes criaturas, desde garrapatas hasta ayes-ayes y otros seres grotescos y aterradores. Es un lugar más allá de lo nauseabundo, bajo tierra, esta celda es tan amplia como otro mundo, pero si la celda es tan repulsiva, ¿qué adjetivos describirían al individuo que la habita?

Al llegar, Fobo rompe el ominoso silencio con su voz desafiante:

> —*¡Marrano sarnoso! ¡Hijo bastardo de la humanidad! ¡Sal de dónde te escondes, Hefesto!* — Ecos: ¡To! ¡To! ¡To!

Adentrarse en la celda de Hefesto es como ingresar en un mundo subterráneo aparte, una vasta extensión sumergida en las sombras más profundas. Aquí, la oscuridad se extiende sin límites, devorando cualquier rastro de luz que se atreva a penetrar sus dominios. Es un espacio cavernoso y opresivo, la humedad se filtra a través de las paredes resquebrajadas y el eco de gotas que caen incesantemente resuena en el aire denso.

Bajo tierra, en esta guarida infernal, los susurros se entremezclan con los siseos de las criaturas que se arrastran en la penumbra. Cada paso es incierto, pues el laberinto de pasillos y túneles se despliega como una telaraña enredada, invitando a los incautos a perderse irremediablemente en su trampa mortal. El aura que impregna el ambiente es lúgubre y dantesca, como si las sombras mismas cobraran vida y susurran terribles secretos al oído de aquellos que osan ingresar.

La celda de Hefesto es un reino en penumbra, allí el tiempo parece detenerse y las almas de los perdidos vagan sin rumbo fijo. Aquel que se aventura a recorrer sus pasillos abiertos se enfrenta a la posibilidad de quedar atrapado en un laberinto interminable, condenado a vagar por la eternidad en un oscuro lugar.

Este sitio, en su siniestra grandeza, encarna lo más profundo de la oscuridad y la desolación. Es un abismo que consume la esperanza y aprisiona a aquellos que se atreven a cruzar su umbral, la celda de Hefesto es otro mundo lleno de interminable vacío.

—*¡Bastardo, déjate ver!* —continua Fobo llamando a gritos a Hefesto.

Entre la inmundicia y la penumbra, algo empezó a moverse, emergiendo lentamente a la vista. ¡Oh, qué extraño y enigmático espectáculo se revelaba ante sus ojos! Cualquier observador se habría quedado perplejo al presenciarlo, preguntándose: "¿Es esto un ser humano real? ¡Pero, por los dioses, ¿qué se encuentra adherido a su espalda?!"

La visión no es nítida, pero aquel a quien Fobo llamó Hefesto está desnudo, su piel arrugada como la de un topo lampiño se encuentra infestada de cucarachas que se mueven sin cesar. Moscas revolotean alrededor de su rostro y sobre su cabello incoloro se arrastran gusanos repugnantes. Sus uñas largas y dobladas están llenas de tierra, y uno de sus ojos emula la mirada viscosa de un tarsero, mientras que su labio inferior ha desaparecido, dejando su lengua alargada hasta alcanzar su propio cuello. Pero lo más inusual es lo que se encuentra en su espalda; está adherido a ella un scotoplane, una criatura de doce patas que posee rasgos similares a los de un cerdo, con orejas largas y un desagradable hocico.

En la vida, la verdadera dignidad no está determinada por la apariencia física. Aunque este hombre sea extremadamente feo, cojo y deforme, surge la pregunta: ¿podría ser hermosamente bello en su interior? ¿O será que su fealdad también se refleja en su ser más íntimo?

—*¡Holaaa… monstruooo…!* —lo saluda Fobo con su
    voz burlona y despiadada.

En la mitología griega Hefesto era un dios muy feo, cojo y lisiado, emparejado con la diosa de la belleza, Afrodita. Famoso por su intento de *desacato* a Atenea. En versiones más antiguas una de sus consortes fue la más joven y bella de las tres carites, Aglaé.

La falta de empatía de ese enano es evidente en su forma de tratar a Hefesto, sus acciones pueden causarle daños emocionales y profundizar aún más su sufrimiento. No tiene consideración por las características físicas de Hefesto y no piensa en el impacto que sus palabras podrían tener en la autoestima de otros.

Fobo abandonó a Ángela, dejándola tirada a merced del grotesco ojo de Hefesto. El deformado hombre aprovechó la vulnerabilidad de Ángela y, bajo las órdenes de Fobo, intentó profanar su ser. No obstante, en ese momento inclemente, cuando la oscuridad parecía devorar su espíritu, Ángela despertó a la luz del recuerdo de su madre, un ángel invisible a favor de su bienestar.

> *—Hija, despierta... o tendré que volver a romperte otro florero en la cabeza.*

Mientras el acto abominable se desplegaba, Ángela se estremeció al ver la fealdad del hombre que yacía sobre ella. Su cuerpo, el de Hefesto, desprovisto de humanidad, se volvía obsceno, transgrediendo los límites del decoro y la dignidad. Pero en el interior de Ángela, el fuego de la resistencia ardía con fuerza, y ella alzó su voz en un grito unísono a los rayos y relámpagos del cielo:

> *—¡QUÉ HORROR! ¡QUÉ BAJEZA!* —exclamó, su voz resonando y rugiendo—. *¡¡¡ALÉJATE DE MÍ!!!*

Fobo, observador maligno de la escena, pronto se vio silenciado. Su risa diabólica se desvaneció ante el acto homérico de Ángela, quien, en un arrebato de determinación, clavó sus dientes en el viscoso ojo de Hefesto antes de que su depravada intención se terminará de consumir. Pese a sus heridas y tener casi todo en contra ella… ¿venció o fue ultrajada?

En el oscuro abismo de la venganza y la crueldad, donde los corazones se consumen en la furia y los actos despiadados se entrelazan en una danza macabra, aún hay una chispa de esperanza. Es en los momentos más oscuros que la luz del perdón y el amor puede encontrar su camino.

Fobo y Hefesto, marionetas de la oscuridad, representan la triste realidad de aquellos que son arrastrados por la maldad. En su rostro deformado y en sus acciones abominables, vemos el reflejo de la crueldad humana. Pero incluso ellos, con sus almas rotas, pueden encontrar paz si tan solo abren sus corazones a las otras posibilidades que otorga la vida, siempre el tiempo es correcto para hacer lo correcto, nunca es tarde para cambiar el mal por el bien.

En medio del caos y la destrucción, se revela la verdadera grandeza de la humanidad: la capacidad de sanar las heridas y transformar la violencia en compasión. Es en la reconciliación y el amor donde encontramos la fuerza para romper el ciclo de la venganza y abrir paso a la paz.

Que esta historia nos enseñe que, sin importar cuán oscuro sea el camino, siempre existe la oportunidad de redimirnos. Que recordemos que la verdadera

fortaleza radica en la capacidad de perdonar y amar, incluso a aquellos que nos han lastimado.

Se desconoce cómo terminó el último acontecimiento, pero se puede deducir que el simple intento de un acto tan abominable como la violación puede generar una gravísima conmoción en la memoria de una persona. Ángela acaba de vivir un siniestro que trascenderá como un gravísimo trauma, aunque logró detener el abominable acto, el solo intento es suficiente para dejar una profunda huella en su ser.

Ángela, alguna vez, anheló llegar a su matrimonio con su pureza intacta, siguiendo el ejemplo de su modelo a seguir, la madre del hijo de Dios. Sin embargo, en este oscuro cuento, ¿habrá sido arrebatada su virtud? ¿Qué tan espantoso es para una mujer perder su doncellez en un acto tan horrendo como aquel? Y lo más cruel de todo es lo que queda: un tétrico recuerdo para toda la vida. La retrospectiva será una carga pesada, tener que revivir ese instante junto a un hombre como Hefesto, rodeada de cucarachas, roedores y la pestilente oscuridad. Es indudablemente una experiencia traumática que ningún ser humano debería enfrentar. ¿Hubo violación o no?

¡Qué horrible es el mundo de este cuento, pero más horrible es el mundo de quien lo escribió!

En este mundo oscuro y cruel que nos presenta este cuento, cabe preguntarse sobre el rol del escritor. ¿Qué nos dice acerca de la realidad en la que vivimos? ¿Qué trata de enseñar a nuestra percepción y

comprensión sobre la violencia y la injusticia? Es cierto que la historia plantea una visión desgarradora, pero también es un recordatorio de que existen personas buenas que, manipuladas por individuos malvados como Fobo, pueden verse envueltas en actos atroces. Nos invita a reflexionar sobre la complejidad de la naturaleza humana y las consecuencias de nuestras acciones.

Es crucial recordar que, aunque Ángela ha sido retratada como alguien que ha arrebatado incontables vidas, esto no justifica la injusticia que se ha cometido en su contra. La justicia no siempre es tan simple como darle a cada uno lo que le corresponde. Se trata de comprender las circunstancias, las motivaciones y las consecuencias de nuestros actos, buscando un equilibrio entre el castigo y la salvación.

En este oscuro relato, se nos presenta una oportunidad de reflexión profunda sobre la violencia, la injusticia y la necesidad de buscar la paz. A través de la historia de Ángela, somos llamados a cuestionar nuestros propios prejuicios y a reconocer la complejidad y la fragilidad de la existencia humana. Solo mediante el entendimiento y la empatía podremos encontrar el camino hacia la convivencia pacífica y la sanación de nuestras heridas más profundas.

En esta búsqueda de paz y salvación, unidos podemos tejer un mundo donde los girasoles florezcan y se pueda erradicar el odio y la furia, donde las sombras se disipen bajo el brillo de la compasión.

Que nuestras acciones y nuestras palabras sean un testimonio vivo de que el amor tiene el poder de curar incluso las heridas más profundas.

En el mismo horizonte está la paradoja de Hefesto, con su fealdad como distintivo. Él es feo por fuera, y aún más feo por dentro, envenenado por los malos consejos del hombre al que obedece. Pobre y desgarbado, su pobreza y fealdad no se deben únicamente a su repugnante apariencia, sino a la ausencia de nobleza, gentileza, humildad, gallardía y generosidad en su corazón. Ser feo no es excusa para ser un cobarde aprovechado, aunque recibiera órdenes. Él cedió a sus instintos carnales, pero existe la posibilidad de que en otro contexto hubiera resistido, quizás, en lo más profundo de su ser, aún brille una chispa de luz.

Ángela ha quedado terriblemente deshecha, semidesnuda y desorientada. El desgarbado Hefesto logró lamer su piel, tocar su cuerpo, besar su rostro y casi consumar su violencia. Sin embargo, al observarla detenidamente, Hefesto se arrepiente y experimenta una insatisfacción profunda, consciente de que ella ha debido soportar su piel arrugada, infestada de insectos y hasta la presencia del scotoplane.

Este trágico encuentro nos lleva a reflexionar sobre la complejidad del ser humano. Hefesto, atrapado en su propia fealdad física y emocional, se ha dejado llevar por el mal y ha cometido actos incalificables. Sin embargo, su mirada hacia Ángela revela una señal de remordimiento, un destello de humanidad que puede haber sido apagado por las circunstancias y las malas influencias. ¿Es posible que dentro de él aún exista la posibilidad de buscar el cielo azul?

La historia de Ángela y Hefesto nos confronta con la fragilidad de nuestras almas y la lucha constante entre la oscuridad y la luz. Nos invita a cuestionar cómo nuestras acciones y decisiones, influenciadas por aquellos a nuestro alrededor, moldean nuestra identidad y determinan el curso de nuestra existencia. Asimismo, nos desafía a buscar la empatía y el perdón, reconociendo que incluso aquellos que han cometido actos atroces pueden encontrar redención si se enfrentan a su propia oscuridad y luchan por transformarse.

En este oscuro y desgarrador capítulo de Furia entre girasoles, nos encontramos con el dolor, la crueldad y la fealdad, pero también nos enfrentamos a la posibilidad de sanación, redención y cambio. A través de la introspección y la comprensión profunda, podemos encontrar un camino hacia la reconciliación y la esperanza, liberándonos de las cadenas que nos atan a nuestros peores instintos y permitiendo que

florezca la belleza interior que yace en cada ser humano.

Bajo el incansable diluvio que azota el exterior, el cielo se desgarra sin cesar. Fobo abandona el lugar tras presenciar el desolador resultado: Ángela sumida en una depresión extrema, una mujer que yace en un estado de devastación emocional, hecha añicos. Fobo logró lo que quería.

Mientras tanto, Hefesto, cargado de pesar y arrepentimiento, se aleja unos pasos, dejando atrás a Ángela tendida en el suelo de escombros, envuelta en una danza macabra de desechos, ratas, insectos y cuervos... ¡Oh, qué imagen tan desoladora! Ella permanece en un estado de shock, desconectada de este mundo atroz y violento.

La imperturbable Ángela se ha perdido en las profundidades de su propio ser, enajenada de la realidad. En su rostro, carente de toda expresión, las lágrimas brotan de sus ojos como los ríos emergen de las montañas, testigos silentes de su dolor infinito. ¿Habrá alcanzado a violarla?

En medio de esta escena desgarradora, nos confrontamos con la fragilidad de la condición humana, con la capacidad de la mente y el corazón para sufrir y soportar tormentos indescriptibles. La lluvia implacable se convierte en una metáfora de la desolación interior de Ángela, al ritmo en que sus lágrimas se entrelazan con los ríos que fluyen hacia lo

desconocido, llevándose consigo sus penas más profundas.

Nos acercamos a la acuarela final de Furia entre girasoles, somos testigos de la caída de una mujer que se enfrenta a los abismos más oscuros de la existencia.

Este es el momento crucial en la historia, donde el destino de Ángela se encuentra en un delicado equilibrio. ¿Encontrará la fuerza para levantarse y enfrentar las sombras que la acechan? Solo el tiempo y la resolución de su espíritu revelarán el desenlace de esta trágica narrativa.

Continuemos el viaje hacia el final.

Adentrándonos en las últimas páginas de esta turbulenta historia, es momento de incorporar a un elemento muy vital. ¿Qué sería de este relato sin la intervención de un personaje tan significativo como lo es él? Solo él tiene el poder de disipar las sombras. A estas alturas, él es el único que puede convertir los rayos de la lluvia en rayos de sol.

—*¡Aún tengo tiempo, aún puedo llegar!* —susurra él, mientras surca las anegadas carreteras de la lluvia a toda velocidad sobre su moto. El agua comenzaba a acumularse en las calles, creando pequeños charcos aquí y allá.

En el teatro oscuro de la noche infernal, emerge Romeo de Yahvé, la marca de esperanza en movimiento, dirigiéndose a toda velocidad hacia la imponente prisión de Erebo.

La moto avanza reñidoramente a través de las calles empapadas, desafiando el torrente furioso que amenaza con arrastrarlo todo a su paso. El rugido del motor se mezcla con los estruendos de los truenos, creando una sinfonía de poder y valentía en medio de la tempestad. Los postes del alumbrado público, apagados por la falta de electricidad, parecían tímidos testigos que habían perdido su brillo. Pero los faros de la moto aún conservan su luz, cuya atraviesa la cortina de la lluvia, creando un túnel luminoso en la oscuridad de la noche.

La electricidad había sido espantada por los relámpagos y los truenos, así como las personas de las calles en la ciudad por el intensificado flujo de agua que evidenciaba un posible riesgo de desbordamiento.

El agua se estrella contra el rostro del piloto, como miles de agujas frías y persistentes. A pesar de la dificultad, la valentía se ve reflejada en sus ojos, irradiando la convicción de su misión.

El nivel del agua estaba aumentando gradualmente, amenazando con invadir las áreas bajas de la ciudad, sin embargo, la moto navega con destreza entre las olas de las aguas. Sus neumáticos se aferran al asfalto resbaladizo, trazando un camino audaz en medio del riesgo acuático. Cada curva y giro es un desafío al poder de la tormenta en su clímax.

El destino se acerca rápidamente, la prisión se ve más cerca cada segundo, una fortaleza imponente en medio de la desolación acuática. La moto acelera con fuerza, como si la furia de la lluvia se hubiera infiltrado en su motor. El piloto no se detiene, su determinación es más fuerte que cualquier obstáculo. ¡Ese es Romeo!

En un instante deslumbrante, la moto embiste la puerta principal de la prisión con una precisión implacable. El choque es un estallido de energía, una colisión épica entre la moto y la puerta principal de la entrada a Erebo.

Ángela ha quedado tan desorientada como una estrella solitaria perdida en el abrazo oscuro de Orión, sin emitir destellos de luz. Su piel, ahora tan pálida como la nieve, refleja el frío que ha invadido su ser. Su rostro expresa el eco de los susurros confusos, mientras que sus ojos se pierden en la crudeza y corrupción del mundo que la rodea. Su mente es un caos de pandemonios entrelazados en un infinito laberinto de tormentos. ¡Qué tristeza! Todo a su alrededor se ha vuelto gélido, ella se desvanece por las heridas que ha sufrido.

Y ahora, ¿qué le depara el destino? Parece que la historia ha llegado a su fin, como un cristal quebrado, ella también se ha fracturado en pedazos. No queda nada de lo que solía ser. Tan solo está allí, inmóvil y cadavérica, sumergida en la compañía de la soledad, siendo acariciada por la mano fría del abandono.

¡Qué triste y desolador! Ella sigue agonizando bajo esa tierra desconocida, celda de Hefesto, su mente se pierde en pensamientos enredados porque está sufriendo.

"—¿Te alegras de mi mala suerte? Fíjate que en otoño la decadencia abraza a las hojas de los árboles. Contempla detenidamente al verano, su resplandor eclipsado para los malvados. No me aqueja la primavera, ella se empapa en humedad para el florecer de las almas... Pero observa el invierno, donde el frío quema con más intensidad que las propias llamas. Te aseguro que ni dentro de un volcán en erupción se experimenta tal ardor."

"—¿Por qué existen jaulas que aprisionan pájaros? ¿Quién concibió tan insensata idea de encarcelar las alas de las aves en jaulas, y las flores de los paisajes en jarrones? ¿Acaso el emperador de este mundo es la maldad encarnada, ya que son pocos los dispuestos a dar la vida por el bien? ¿Dónde está la justicia que yo de niña creía? ¿Dónde está Dios?"

¡¡¡BOOM!!! El estruendo del choque resonó en el aire, como el rugir de un trueno en medio de la tormenta. La moto, envuelta en vapor, se estrelló contra la robusta puerta de la prisión con un impacto demoledor. La fuerza del choque hizo estremecer el suelo y desató un estallido de chispas y fragmentos metálicos que salpicaron el ambiente.

En medio de la caótica escena, Romeo se lanzó al aire justo antes de que la moto se convirtiera en un torbellino de fuego. Su figura se deslizó en un arco refinado, como un ave en vuelo, en ese instante en que las llamas engullían su vehículo. Con agilidad felina, aterrizó sobre el pavimento mojado, envuelto en la lluvia torrencial que empapaba las calles.

El resplandor de las llamas iluminaba su rostro, revelando su mirada decidida y su intrepidez indomable. Su cuerpo, cubierto de lodo y agua, estaba lleno de heridas y raspones.

El humo negro se elevaba en espirales hacia el tormentoso cielo, entretanto Romeo, erguido y sereno, contemplaba el caos que había desatado. A su alrededor, los escombros de la moto destrozada estaban dispersos como testigos mudos de la violenta colisión.

Paralelamente el humo y el fuego se disipaban, y emergieron de la entrada, destrozada de la prisión, figuras amenazantes y determinadas: los guardias de seguridad, listos para neutralizar a Romeo.

Con pasos firmes y uniformes, los guardias avanzaron hacia él héroe sin capa y sin casco, portando armas en sus manos y rostros severos. Su presencia imponente desentonaba con el escenario caótico y lleno de escombros que los rodeaba. Eran la representación de la autoridad y el orden en aquel lugar.

Los guardias, con la determinación marcada en sus rostros, empuñaron sus armas con ferocidad y antes de iniciar una ráfaga de disparos se detuvieron al ver que el intruso era Romeo de Yahvé, un reconocido exmilitar de la brigada más poderosa en la historia del país, exmilitar apodado Tigre Azul.

> —*Señor Romeo* —habla el líder de los guardias—, *¿por qué no pensó en tocar la puerta en vez de estrellar su moto en ella? ¿No cree que hubiese sido mejor? Además, ¿dónde dejo el casco? ¿No es usted uno de esos hombres que prefiere prevenir que lamentar?*

> —*Lo siento* —dice el valiente tigre—, *pero me urge hablar con el coordinador de Erebo, Potidaan. Tengo pruebas contundentes que la persona a quien señalan como el dragón es solo la sombra del monstruo.* **Esa mujer NO es Cupido**.

Ante tus ojos, no soy como soy, soy como tú mente me percibe. La percepción errónea sobre Ángela ha sido revelada. Cupido ha estado detrás de los asesinatos y desgracias que han plagado el mundo de esta historia, ese monstruo ha utilizado a Ángela igual a un chivo expiatorio y desviado la atención de su propia maldad.

El verdadero dragón ha estado oculto a la vista de todos, sembrando el caos y la destrucción a la vez que Ángela soporta el peso de la culpabilidad y el odio injusto. Es así en el oscuro teatro de la vida, existen personas que, si bien pueden llevar en su esencia bondad y nobleza, son arrastrados por las sombras de la maldad. Ángela, como marioneta de Cupido, encarna esa dolorosa paradoja.

*En 1944, **George Stinney**, un niño afroamericano de 14 años, fue condenado a muerte por la violación y asesinato de dos niñas blancas en Carolina del Sur. El juicio de Stinney fue sumamente injusto y estuvo marcado por la falta de pruebas concluyentes, la ausencia de un* *abogado defensor competente y la influencia del racismo y prejuicio racial en el sistema de justicia de la época.*

Stinney fue interrogado sin la presencia de sus padres ni de un abogado, y se informó que fue sometido a coacción y presiones para obtener una confesión. Además, no hubo pruebas físicas o testigos directos que lo vincularan con el crimen. A pesar de estas irregularidades, Stinney fue declarado culpable y ejecutado en la silla eléctrica en un plazo de solo tres meses desde el momento de su arresto.

Años más tarde, en 2014, la sentencia de Stinney fue anulada por un tribunal de Carolina del Sur debido a las violaciones de sus derechos constitucionales y las irregularidades en el proceso judicial. El caso de George Stinney ha sido citado como un ejemplo trágico de injusticia racial y de los problemas que existían en el sistema de justicia de Estados Unidos en ese momento.

Es importante señalar que el caso de George Stinney no es único, y existen otros ejemplos históricos de personas de color que fueron injustamente condenadas y ejecutadas en Estados Unidos debido a la discriminación racial y la falta de un proceso legal justo. Estos casos han sido fundamentales para impulsar cambios en el sistema de justicia penal y cuestionar la pena de muerte en el país.

Caso de Sacco y Vanzetti: *Nicola Sacco y Bartolomeo Vanzetti fueron dos inmigrantes italianos que fueron condenados a muerte en Estados Unidos en 1927 por un robo y asesinato. Aunque las pruebas en su contra eran* *circunstanciales y existían dudas sobre su culpabilidad, fueron ejecutados tras un controvertido juicio que estuvo marcado por prejuicios sociales y políticos.*

Caso de Derek Bentley: *En 1953, en el Reino Unido, Derek Bentley fue ejecutado por su participación en un intento de robo a mano armada en el que un policía resultó muerto. A pesar de que Bentley no disparó el arma que mató al oficial, fue condenado a muerte y ejecutado. Años más tarde, en 1998, su condena fue anulada y se reconoció su inocencia.*

Caso de Timothy Evans: *En 1950, en el Reino Unido, Timothy Evans fue ejecutado por el asesinato de su hija y su esposa. Sin embargo, se descubrió más tarde que el verdadero culpable era su vecino, John Christie, un asesino en serie. El caso de Evans tuvo un gran impacto en el sistema de justicia penal británico y contribuyó a la abolición de la pena de muerte en el país.*

¿Es válido afirmar que todos son inocentes hasta que se demuestre su culpabilidad?

¿Es justo vivir en un mundo en el que las personas son condenadas basándose en pruebas que más tarde se revelan como falsas?

¿Deberíamos considerar a todas las personas inocentes hasta que se demuestre su culpabilidad?

¿Es ético y justo condenar a alguien basándose en pruebas que pueden resultar erróneas en el futuro?

¿Cuáles son las consecuencias sociales y personales de condenar a personas basándose en pruebas que se revelan como falsas?

¿Es necesario reformar los sistemas legales para garantizar una mayor protección de los derechos de las personas acusadas, evitando así las condenas injustas basadas en pruebas incorrectas?

¿Cuál es el impacto emocional y psicológico de ser condenado erróneamente y luego exonerado?

¿Qué medidas se pueden tomar para prevenir y corregir los casos en los que personas inocentes son condenadas por pruebas falsas?

Los guardias permitieron a Romeo el acceso a la prisión, abriendo todas las puertas y obviando los protocolos de ingreso y seguridad. Sin embargo, antes de encontrarse con el coordinador Potidaan, uno de los guardias le informó a Romeo que Ángela había sido herida y se estaba recuperando en una sala de rehabilitación. Lleno de preocupación, Romeo se dirigió rápidamente a la sala para verla, pero en lugar de encontrarla allí, se topó con el salvaje y endiablado enano. Fobo estaba recogiendo su rompemuros y en ese momento entró Romeo. La escena que presenció no le gustó en absoluto: había un cadáver en el suelo y la camilla donde debería estar Ángela estaba destrozada. Con una mirada espeta Romeo se dirigió a Fobo:

—Oye tú, maldito enano, ¿qué pasó aquí?

Los depósitos de agua destinados a prevenir las inundaciones han alcanzado su capacidad máxima, incapaces de contener la torrencial lluvia que cae sin descanso. Las alcantarillas, por lo general dispuestas a tragarse el agua con eficiencia, están ahora tapadas por el caudal desbordante, y el líquido desenfrenado se abre camino por las calles.

Los canales de agua pluvial, que normalmente conducen el flujo de las precipitaciones lejos de las áreas urbanas, se han convertido en torrentes desbordados, arrastrando consigo todo tipo de escombros y residuos. Sus aguas turbulentas se arremolinan y rugen a medida que luchan por encontrar una salida hacia el mar.

Las calles se han convertido en ríos improvisados, con el agua alcanzando niveles alarmantes. Los vehículos abandonados flotan a la deriva, atrapados en las corrientes. Los edificios, hasta sus cimientos, son testigos impotentes de la fuerza devastadora del agua.

En medio de la inundación, los desesperados intentos de los habitantes por proteger sus hogares resultan infructuosos. Barricadas improvisadas se desmoronan bajo el embate del agua impetuosa, y las personas buscan refugio en los pisos superiores de los edificios más altos, tratando de mantenerse a salvo de la implacable marea.

Los ruidos del caos se mezclan: el rugir de las aguas, el estruendo de los objetos arrastrados y los gritos de angustia. El aire está cargado de una humedad sofocante y el olor a tierra mojada se entremezcla con el aroma salado del agua contaminada.

Cada cuerpo es una jaula donde yace un animal, aguardando el momento en que la cerradura se rompa, y cuando ello ocurre un monstruo metamorfoseado en carne humana se libera. Que ninguna persona se convierta en la llave de los demonios que otros tienen enjaulados.

Las aguas de la inundación descienden en el mundo subterráneo de Hefesto, mas, el verdadero inconveniente, en medio de este diluvio es una presencia aún más aterradora que la tormenta sin control. Un ser que despierta entre la suciedad, poco a poco revelándose ante la vista atónita de Hefesto. Este ser parece emanar un miedo mayor que los mismos relámpagos y la oscuridad reinante.

Burbujas de rabia brotan de su boca, como si fuera un perro enloquecido, mientras el agua inunda la caverna formando lodo, barro, pantanos y arroyos. La conciencia se agita en el interior de él, ella, buscando respuestas en medio del caos que le sonríe.

"—Las lágrimas me encontraron y el odio también —mente de Ángela al ponerse de pie—. ¡Dios, si me vas a esconder el sol al menos alinéame las estrellas! "

Ya no puede apaciguar más su ira, es lo mismo que está sucediendo con la lluvia, a diferencia de los animales la naturaleza del ser humano es alterar lo natural, ese era su propósito, la falla es que lo cumple de modo erróneo. La buena hospitalidad que nos da el planeta la intercambiamos haciéndole daño y un día pagaremos las consecuencias mirando su furia, así como Hefesto mira los ojos iracundos del demonio que involuntariamente despertó en Ángela.

> —*¡¡¡VEN HEFESTO, QUIERO DARTE UN BESO!!!*
> —exclama ella, su voz se fusiona con espumas y babas en un grito traumatizante que retumba en el aire.

Su invitación está llena de un poder destructivo, una llamada que transmite no solo deseos eufóricos, sino ímpetu desenfrenada.

La imagen de Ángela se distorsiona de manera maquiavélica, sus ojos parecen crecer sin cesar, desorbitados y llenos de euforia con furia.

Su lengua cuelga fuera de su boca, dispersando babas en un flujo interminable.

El cabello, repentinamente pálido, adquiere un tono blanco como el de una bruja malévola.

Ella se ha convertido en una presencia turbia, una manifestación deformada y grotesca que no deja de emanar salivas y espumas.

Ángela, en medio de su furia desatada, está a punto de estallar. Su resentimiento profundo ya no puede ser contenido, y Hefesto queda paralizado ante la presencia de este ser abominable. El miedo lo embarga, pues percibe que algo está horrorosamente mal, frente a ella siente a un vestigio de la muerte encarnada.

—*¡QUÉ VENGAS! ¡¡DAME UN BESO, ¡MALDITA SEA!!!*

El agua, imparable y cargada de cólera, asciende hasta alcanzar las rodillas de ambos y sigue aumentando al mismo ritmo que la creciente furia de Ángela.

Hefesto, paralizado por el terror, siente cómo el aire escasea y su instinto de supervivencia se activa. Sin pensarlo dos veces emprende la huida dándole la espalda a una Ángela terriblemente ofendida. Pero justo en ese instante, el Kraken en ella emerge de las profundidades de su interior y salta hacia él, dispuesto a darle un beso de infarto, un beso que, como dicen los enamorados, deja sin aire.

Ángela, aferrada a la espalda de él como si fuera un segundo scotoplane, libera un beso que despoja a Hefesto de su lengua en un instante cruel y salvaje. El horror paraliza a Hefesto, su cuerpo queda inmovilizado por la conmoción. Casi se desploma, incapaz de mover ni un dedo, él observa cómo ella devora su propia lengua de manera precipitada y voraz. La escena es increíble pero innegable, un acto vertiginoso que deja a Hefesto estupefacto, con la realidad palpitando en su interior. Ella le arrancó la lengua y de forma atropellada se la tragó, se la atarantó. ¡Ángela se comió la lengua de Hefesto!

En el clímax de la tormenta, donde las aguas turbulentas se confunden con el torrente de emociones desbocadas, Ángela consuma su ira con un acto tan grotesco como poético.

Luego le dijo ella entre dientes y limpiándose los labios mientras se escondía y lo observaba bajo las aguas:

—AMOR, ¡TU LENGUA SABE A MIERDA!

En su mirada hay desprecio y triunfo, una satisfacción macabra que se deleita en el sufrimiento del otro. Con palabras cargadas de ironía, crueldad y desprecio, ella no solo se alimenta de su carne, sino también al destrozar su autoestima.

Este es el rugir del diluvio funcionado con los ecos de su ira desatada, mientras Hefesto se convierte en la víctima de su propio destino retorcido.

La lengua, símbolo de engaño y manipulación, es arrebatada y devorada por Ángela con una avidez dura e inhumana.

—ME HICISTE PASAR UN MAL RATO, Y A LA FUERZA, YO NO QUERIA. ESPERO QUE NO TE MOLESTES SI TE COMO.

La ley de la naturaleza cobra vida en ese momento, donde el pez grande se traga al pequeño, donde la violencia engendra más violencia. Ángela se convierte en la depredadora, desea devorar a su enemigo con una sed de venganza insaciable. Cada movimiento de control sobre

Hefesto es una afirmación de que ella es quien dicta las reglas en este nuevo juego.

—*DESPUÉS DE TODO, EL PEZ GRANDE SE COME AL CHICO. ESO ME LO ENSEÑO EL MONSTRUO POR QUIEN ME CONFUNDEN.*

¡Es una pena! En medio de su voracidad Ángela no logra razonar, ¿podrá considerar a Hefesto como una víctima igual a ella? Pero su ira la ciega y sus palabras se convierten en el látigo que azota su dolor. No hay espacio para la compasión o la empatía en su corazón ennegrecido. Su furia es como un demonio desatado, causando estragos destructivos en su camino, dejando una estela de desolación y ruina. Su ira es igual a la inundación que se describe en la ciudad.

—*¡PONDRÉ TODAS TUS ASQUEROSAS TRIPAS Y ÓRGANOS EN MI ESTÓMAGO! ¡TE VOY A DEVORAR DE LA MISMA FORMA COMO DEVORO A LAS RATAS GRANDES Y FEAS DE ESTA PRISIÓN! ¡HEFESTO-TO-TO-TOO!*

En ese momento, el lector es testigo de la oscuridad más profunda del alma humana. Se enfrenta a la verdad incómoda de que la venganza puede transformar a cualquiera en un monstruo, y que las consecuencias de liberar ese demonio interno son tan devastadoras como los estragos de un terremoto, diluvio o cualquier catástrofe.

—¡QUIERO QUE SEPAS QUE ERES FEO!, ¡¡FEO!!,
¡Y MIL VECES ¡¡FEOOO-O-O-OO!!! ¡TE ODIO!

En el clímax de Furia entre girasoles, la belleza y la brutalidad se entrelazan en una danza desgarradora, recordándonos que, en el abismo de la venganza, la redención y comprensión parecen estar más allá de nuestro alcance.

En el espejo de la verdad, veo mi error en la interpretación de este desierto. Ángela, a quien creí una hermosa mariposa, ha revelado su verdadera forma: una tarántula aterradora con alas. Es un monstruo herido cuya ira se ha desatado, quizás incluso más peligrosa que Fobo.

Con frecuencia, las personas juzgan a los demás de manera arbitraria, sin tomarse el tiempo para conocer su verdadera esencia. Es como juzgar un libro por su portada, dejando de lado las maravillas que podrían encontrarse en sus páginas. El odio, los rencores, el resentimiento, el desprecio, el rechazo y la indiferencia son males innecesarios que infestan la vida cotidiana, convierten este mundo en un lugar horrible.

Nosotros, como seres humanos, tendemos a rechazar lo desconocido, a no ver más allá de lo que se oculta tras los ojos de los demás. Rara vez concedemos el beneficio de la duda, obstaculizando así el camino hacia el cambio y dificultando la aceptación de nuestros propios errores. ¿Continuaremos por el vil

sendero del egoísmo, juzgando injustamente a aquellos que podrían ser la solución que buscamos? A veces, muchos se equivocan y solo uno tiene la razón. A veces, el voto de la mayoría no es sinónimo de justicia.

Ángela nunca fue Cupido, el verdadero dragón camina prósperamente entre ellos, oculto bajo el disfraz de una oveja pacífica. Entretanto Ángela continúa siendo torturada, desangrada y envuelta en la tristeza de este crudo invierno. Su sufrimiento es un recordatorio de las consecuencias de nuestros prejuicios y de cómo el mal puede enmascararse bajo otra apariencia sin ser reconocido.

En este reflejo de la realidad, surge una pregunta inevitable: ¿Estamos dispuestos a desafiar nuestros propios juicios erróneos y buscar la verdad más allá de las apariencias? ¿Seremos capaces de abrazar la empatía y la comprensión, liberándonos de las cadenas de la ignorancia y el egoísmo? El destino de Ángela y de este mundo depende de la capacidad de mirar más allá de las superficies y descubrir la belleza y el potencial ocultos en cada ser humano.

"—No me queda nada en este presente —la poca conciencia de Ángela, se ve mal, ella se desvanece, de verdad mirarla es ver dolor ferviente—, lo único que tengo es mi cruel pasado..., si no sobrevivo al invierno no podré ver la primavera. Dios, ¿por qué me ocultaste el sol? "

En el equinoccio de las flores, cuando la naturaleza despliega su esplendor, una mariposa desvalida surca el aire con las alas rotas. Como un pez en el desierto, Ángela se encuentra perdida en un mundo carente de amor, donde su sufrimiento se asemeja a un infierno desolado. Y como el más delicado girasol, en lo más profundo de ella aún sigue buscando el sol bajo el chaparrón de agua, rayos y truenos, soportando el crudo invierno que azota su existencia. Ella es la flor que más sufre por la lluvia, ella es el girasol de esta historia.

El ojo deformado de Hefesto, lleno de arrepentimiento y humildad, se posa sobre Ángela, quien ha dejado de ocultarse. Las manos temblorosas del herrero, como ramas frágiles a merced del viento, buscan desesperadamente un modo de comunicarse, de tejer con hilos invisibles su profundo pesar.

Hefesto no desea luchar.

Con gestos torpes y un lenguaje de señas rudimentario, Hefesto intenta comunicar sus sentimientos hacia Ángela. Al final, nunca importó si él es feo, él no es un monstruo.

¿Qué está sucediendo? ¿Qué intenta hacer él con gestos que parecen danzar al ritmo de su alma afligida?

Ángela, aún envuelta en el remolino de su tormento, observa con cautela las acciones de Hefesto, como una mariposa cautiva que despliega sus delicadas alas ante lo incierto. Entre ellos, la danza silenciosa de lo verdaderamente importante empieza a unirse.

Hefesto no puede hablar porque su lengua se la arrancó Ángela, pero está tratando de comunicarse con ella. Sin palabras, sin voz, Hefesto encuentra en su expresión facial y en el lenguaje del cuerpo una manera de transmitir un mensaje: **Perdón, perdóname, de verdad lo siento, te pido mil veces perdón.**

Ángela, sorprendida por la suavidad que se insinúa en los gestos de Hefesto, se adentra en un mar de interrogantes. Sus ojos, estrellas titilantes en un cielo roto, reflejan el asombro y la confusión.

> —*¿Perdón?* — le pregunta Ángela, la duda brillando en su voz como una luciérnaga en la noche—. *¿Eso es lo que intentas decirme? ¿Qué te perdone?*

Hefesto mueve la cabeza arriba y abajo para responderle que sí, igual a palabras no pronunciadas pero entendidas por los rincones más profundos del alma. Y en ese instante, los sonidos del perdón calman la furia.

Los hilos invisibles que se tejieron en el lenguaje del cuerpo y la compasión mutua se entrelazan, sanando las heridas que habían sido causadas por la fuerza ciega del destino.

En ese instante Ángela recuerda palabras de su madre, ese ángel cuyo la acompaña en su martirio le dice:

> —*Querida Hija. El perdón es una de las herramientas más poderosas que poseemos como seres humanos. A lo largo de la vida, enfrentaremos situaciones en las que nos sentiremos heridas, traicionadas o*

desilusionadas por las acciones de los demás. Es en esos momentos cuando el perdón se convierte en una elección trascendental, una decisión que nos permitirá liberarnos del peso del resentimiento y la amargura.

»»El perdón no significa ignorar el dolor que hemos experimentado o excusar el comportamiento injusto de los demás. Es una elección consciente de liberar nuestras emociones negativas y permitirnos sanar y crecer. Al perdonar, no solo estamos dando una segunda oportunidad a aquellos que nos han lastimado, sino que también nos estamos dando una oportunidad para sanar nuestras propias heridas y encontrar paz interior.

»»Recuerda que el perdón no siempre es fácil, y en ocasiones, puede requerir tiempo y paciencia. Pero siempre vale la pena el esfuerzo. No permitas que el rencor y la ira te consuman, porque al final, solo te harán daño a ti misma. Aprende a soltar y dejar ir lo que no puedes cambiar, y enfócate en construir un futuro libre de cargas emocionales.

»»El perdón no es un acto de debilidad, sino de valentía y amor propio. Aprende a perdonar, no solo a los demás, sino también a ti misma por tus propios errores y debilidades. Permítete ser humana y cometer errores, porque es precisamente a través del perdón que encontramos la fuerza para seguir

adelante y construir una vida llena de amor, comprensión y resiliencia.

»»Te amo profundamente y deseo que encuentres en tu corazón la sabiduría para perdonar, porque en ese acto de liberación, encontrarás la verdadera paz y felicidad.

Es así como la magia del perdón, como el rocío bendito que cae sobre el alma herida, transforma los destinos y da paso a la reconciliación. En el rincón más oscuro del abismo, en el cual los despojos de los odios parecían inalcanzables, un nuevo capítulo se abre para Ángela y Hefesto, en cuyo el amor, la comprensión y el perdón iluminan un fin diferente.

Parecía como si el destino mismo de este mundo estuviera sellado por un encuentro catastrófico inminente, algo como un meteorito listo para borrar todo lo existente. Sin embargo, en un giro sorprendente, presenciamos cómo lo que una vez fue una lluvia interminable comienza a sucumbir. Los rayos del sol, audaces y resplandecientes, atraviesan el velo de nubes oscuras, y las aguas que envolvían la ciudad se empiezan a retirar.

Los primeros rayos solares se elevan paulatinamente, extendiendo sus dedos dorados hacia el cielo. Las sombras de la noche se desvanecen ante la presencia del sol, revelando muy lento los contornos y colores ocultos durante horas de oscuridad. La ciudad empieza a despertar de su desmayo. Muchos arcoíris se ven por toda la ciudad, recordando el pacto de Dios con la humanidad.

La inundación, que una vez dominó las calles con su implacable fuerza, empieza a ceder terreno ante el poder del sol naciente. Las aguas turbulentas se retiran con un rugido apagado, dejando tras de sí un rastro de humedad y la marca de su paso en las fachadas de los edificios y los objetos que encontraron a su paso.

La oscuridad que reinaba en la ciudad poco a poco es vencida por la suave luz matutina. Los destellos dorados del amanecer bailan sobre las aguas que aún se aferran a las calles, creando un espectáculo de reflejos y brillos que iluminan la tristeza que dejó a su paso la inundación.

La ciudad, una vez sumida en el caos y el desamparo, empieza a recobrar su esencia. Los sonidos de la vida regresan: el canto de los pájaros, el murmullo de las hojas acariciadas por el viento y el eco de pasos que recorren las calles. El mal, que había dominado el velo del escenario, se retira como una sombra que se desvanece ante el amanecer.

Es un momento de resurgimiento y renovación, donde la ciudad se libera del abrazo asfixiante de la inundación. Las personas, llenas de esperanza y determinación, se unen en la tarea de reconstruir lo que ha sido dañado, sabiendo que cada paso hacia adelante es un acto de resistencia frente a la adversidad.

En esta nueva alborada, la ciudad se erige como un símbolo de fuerza y resiliencia. El sol, ahora en su plenitud, ilumina los corazones y los caminos, infundiendo energía y aliento en aquellos que han enfrentado la furia del agua. La luz vence a la oscuridad y la ciudad, bañada en el resplandor del sol, se prepara para escribir un nuevo episodio en su historia.

A veces subestimamos el poder de una simple disculpa, creyendo que no puede cambiar mucho en el gran esquema de las cosas. Pero la verdad es que, en ocasiones, esas simples palabras cargadas de sinceridad y humildad pueden transformar por completo el curso de los acontecimientos. "Perdón, lo siento, discúlpame" son las palabras de los verdaderos hombres.

No fue un acto de magia ni una intervención sobrenatural lo que puso fin a la tormenta que había prevalecido durante tanto tiempo. Era simplemente el ciclo natural de las cosas. Después de días y noches de lluvia persistente, llegó el momento en que la atmósfera se despejó y los nubarrones comenzaron a dispersarse.

Pero, en medio de ese cambio de paisaje, hay algo más que merece nuestra atención. Es el poder de una disculpa, un acto de humildad que puede abrir puertas, sanar heridas y reconstruir puentes. No subestimemos el valor de reconocer nuestros errores y ofrecer disculpas sinceras, pues en esos momentos de vulnerabilidad y humildad es donde reside el potencial para un cambio real y profundo.

Así como la tormenta llegó a su fin, también podemos poner fin a la tormenta que hemos causado en las relaciones y en nuestras vidas. Podemos despejar el camino de resentimientos y malentendidos, permitiendo que el sol vuelva a brillar en nuestras vidas.

No menospreciemos el poder de una disculpa, pues en ella yace la posibilidad de curar, crecer y reconstruir lo que una vez parecía irremediablemente roto. Es un recordatorio de que, a pesar de la adversidad y los errores cometidos, siempre hay espacio para el perdón y la redención.

¡Qué bueno! La furia al fin, ¡al fin...!, terminó. Quién diría que el final de la furia concluiría en un "Lo siento." Si tan solo las personas dijéramos más esas hermosas palabras, estoy seguro que habría más soles iluminado nuestros oscuros días.

[Un año después]

Fobo desapareció misteriosamente, tuvo un encuentro demoledor contra Romeo del cual los detalles aún no se conocen. Se le busca como soldado desertor, renegado militar, traidor nacional y por otros crimines incluyendo asesinatos de camaradas y soldados. Además, por involucrar los secretos militares con su vida personal y usar al herrero del ejército, Hefesto, en sus planes oscuros.

Hefesto aún permanece oculto bajo Erebo, Ángela a veces lo visita y le lleva manzanas. Hefesto es un verdadero enigma, el día del diluvio el scotoplane atrás de su espalda y los otros horribles animales adheridos a él dejaron su cuerpo. Él se ha hecho amigo de Ángela y le prometió, escribiendo en un papel, que nunca más volverá a seguir las órdenes del mal.

En cuanto a Ángela, el mundo conoció la oscura paradoja acerca de ella y el verdadero monstruo. Ella estuvo siete meses más en prisión hasta que la pusieron en libertad condicional bajo el seguimiento del oficial Oreste. Gracias a las pruebas presentadas por Romeo de Yahvé, la joven Ángela de Áglae recuperó su libertad.

—¿Quién es ese hombre? —le pregunta Ángela a su siempre vigilante Oreste—. *¿Quién es ese enigmático Romeo que desafía la comprensión?*

Entonces Oreste le comenta en silencio mientras ella sigue observando ese majestuoso paisaje, cubierto de un manto dorado de girasoles en plena floración. Sus tallos altos y elegantes se alzan hacia el cielo, como centinelas amarillos saludando el hermoso día.

El viento sopla suavemente, acariciando los campos y trayendo consigo el suave aroma de las flores. Las mariposas revolotean en el aire, pintando el paisaje con sus delicadas alas multicolores. Sus vuelos gráciles y curiosos añaden un toque de encanto al paisaje, conforme se posan delicadamente sobre los pétalos de los girasoles.

El cielo se tiñe de un azul intenso, salpicado de nubes blancas que parecen dibujadas por el pincel de Dios. Los rayos del sol se filtran entre las hojas de los girasoles, creando destellos dorados que iluminan el campo con una luminosidad radiante y arrebolada.

Paz.

Fin.

Querido lector (a),

Con cada palabra dicha y cada página leída, te has sumergido en el mundo tumultuoso, rebelde y apasionante de Furia entre girasoles. Has acompañado a Ángela, Romeo, Rafael, Cupido, Hefesto, Fobo y a otros en su viaje a través de la oscuridad y la luz, explorando los rincones más profundos de sus almas y enfrentando los desafíos que el destino les ha deparado.

Espero que esta historia te haya emocionado, provocado reflexiones y despertado tus propias pasiones. Que hayas encontrado en sus páginas un escape, una compañía o un reflejo de tus propias luchas y anhelos.

Recuerda que, en medio de las tormentas de la vida, siempre hay una luz que brilla al final del camino. A veces, esa luz surge de los actos de redención y perdón, de la valentía para enfrentar los demonios internos y encontrar la paz. Que esta historia te inspire a buscar esa luz, a encontrar la belleza en la adversidad y a recordar que siempre hay esperanza.

Gracias por embarcarte en este viaje junto a Ángela, Romeo y todos los personajes que han dado vida a esta historia. Que sus experiencias y lecciones perduren en tu corazón mucho después de que cierres el libro.

Hasta la próxima aventura literaria.

Con gratitud,

Yeifer Orozco, el escritor que nunca duerme.

Dedicado a Jesús Antonio Hernández Romero.

Querido Toñito, siempre fuiste más que un amigo para mí. Nuestra relación era tan especial, tan cercana como la de hermanos. A pesar de los años y las vueltas que dio la vida, siempre nos mantuvimos unidos, superando cualquier obstáculo que se interpusiera en nuestro camino. ¡Cuánto extraño tu espíritu radiante! Siempre llegabas con una sonrisa, con ojos llenos de bondad. Escucharte y compartir momentos contigo era igual a sentir un cálido abrazo de Dios. Tu amistad era un rayo de sol en los días oscuros.

El cielo azul se ve diferente desde que partiste, como si faltaran ángeles aquí en la tierra. Parece que las estrellas necesitaban de tu grandeza.

Agradezco de todo corazón por tu amistad, por esos preciosos lazos de cariño, sinceridad y honestidad que nos unieron. Gracias por haber sido ese sol brillante no solo en mi vida, también en muchas otras. Tu partida dejó un vacío en mi alma, y aunque han pasado varios meses y pasaran años, aún siento tu ausencia de una manera profunda.

El tiempo no cura la herida de perder a un ser querido, pero me enseña la importancia de valorar y disfrutar el tiempo que tengo con aquellos que aún están a mi lado.

Tu partida me recuerda que la vida es frágil y efímera, que debemos abrazar a nuestros seres queridos y expresarles nuestro amor en cada oportunidad. Eso es lo que me transmites desde lo más profundo de mi ser, mi querido amigo.

A Yeto, tu hermano, y a toda la familia Hernández, les envío mis más sinceras condolencias. Comparto su dolor y les envío todo mi apoyo en estos momentos difíciles. Que encuentren consuelo en los recuerdos hermosos que Toñito nos dejó, en su alegría contagiosa y en su eterno legado de amor.

Toñito, cada vez que llueva, pensaré en ti. Tu partida ha dejado mi cielo roto, pero tu memoria brilla como una estrella en mi corazón. Tu luz seguirá guiándome en los días que vendrán.

Hasta que nos encontremos de nuevo, querido amigo. Hasta que nos volvamos a ver en las estrellas. Descansa en paz.

Tal como prometí, en este libro me dirijo a tu hermano, Yeto. Quiero decirte que Toñito te respetaba mucho. Siempre hablaba de ti con admiración y elogios. Aún recuerdo cuando me dijo con brillo en sus ojos «Mi hermano es genial». La verdad, respetado Yeto, yo no era su mejor amigo, eras tú y por eso te respeto y te pido que sigas siendo genial, generoso, amable, servicial y un buen hermano para este mundo. ¡Mis mejores deseos!

Con cariño y gratitud eterna,

Yeifer Xavier Orozco Orozco, el amigo de Romero, el tercero, cuarto o, quizás, quinto mejor amigo de Toñito. No me importa el puesto, fue genial haber sido su amigo.

Referencia galería de Ilustraciones

1. Imagen pág. 1: Creación autónoma. Cruel retros 2019
2. Imagen pág. 2: Creación autónoma. Cruel retros 2018, 2019
3. Imagen pág. 3 y 186: Creación autónoma 2023.
4. Imagen pág. 4: Creación autónoma 2023.
5. Imagen pág. 6: Cupido 1 pertenece a Gordon Johnson from Pixabay.
6. Imagen pág. 14: Creación autónoma. Cruel retros 2019
7. Imagen pág. 30: Creación autónoma. Cruel retros 2019
8. Imagen pág. 68: Cupido 2 pertenece a Gordon Johnson from Pixabay.
9. Imagen pág. 76: Creación autónoma. Cruel retros 2019
10. Imagen pág. 89: Por Andrea Stöckel con licencia de dominio público.
11. Imagen pág. 90: Bajo licencia de dominio público.
12. Imagen pág. 114: Uso de generadores de imágenes y Photoshop.
13. Imagen pág. 116: Creación autónoma. Cruel retros 2018, 2019.
14. Imagen pág. 117: Creación autónoma 2019, 2023.
15. Imagen pág. 118: Cupid 3 By Gordon Johnson from Pixabay.
16. Imagen pág. 119: Cupid 4 By Gordon Johnson from Pixabay.
17. Imagen pág. 145: Creación autónoma. Cruel retros 2019.
18. Imagen pág. 159: By OpenClipart-Vectors en Pixabay.
19. Imagen pág. 163: Uso de generadores de imágenes y Photoshop.
20. Imagen pág. 180: Uso de generadores de imágenes y Photoshop.

La portada y contraportada de esta obra fueron previamente formadas con generadores de imagen mediante descripciones, luego adaptadas usando Photoshop. Ambas imágenes y sus descripciones han sido registradas en nombre del autor de la obra.

Nota: Las imágenes no referenciadas son propiedad intelectual del autor de la obra o, posiblemente, provienen de una librería que permite su uso en todos los contextos. Todas las imágenes referenciadas, excepto las de los puntos 10 y 11, han sido modificadas en cierta medida al ser mostradas. Las imágenes presentadas en esta obra no infringen los derechos de autor, ya que son creaciones originales o provienen de librerías públicas que autorizan su uso.

Trazabilidad de la obra

La génesis de "Furia entre girasoles" se remonta a 2008, cuando el autor, en su adolescencia de 13 o 14 años, empezó a dar forma a la historia. En aquel entonces, el autor era un joven inmaduro y entablaba amistades con otros chicos, como Antonio Romero, Junior, Stevin. En ese momento nació la primera versión, titulada "La Crueldad de Cupido", un nombre que surgía de la vivencia personal del autor al ser rechazado por una joven cercana a él.

"Furia entre girasoles" es la evolución de "Cruel retrospectiva", publicada inicialmente en 2018 como una serie de entradas en un blog. La segunda edición, lanzada en 2019 en Amazon, mostró que aún no había alcanzado el nivel de escritura que el autor buscaba. La historia carecía de riqueza literaria y conexión emocional que el autor deseaba transmitir. La trama, además, mostraba una insensibilidad que alejaba a los lectores.

Hacia inicios de 2022, con la llegada de "El escritor que nunca duerme", el autor volvió a adentrarse en "Cruel retrospectiva". En los primeros meses de 2023, finalizó una exhaustiva revisión de la obra, aplicando sus nuevos conocimientos y habilidades. Renombró la obra como "Cielo roto", pero esta versión sufrió cambios en consonancia con la partida de un querido amigo del autor. La pérdida aumentó la soledad del autor, lo que inspiró la metamorfosis final de la obra en "Furia entre girasoles". El autor buscaba luz en los vacíos que la muerte dejaba tras de sí.

Esta edición de agosto de 2023 reúne las enseñanzas y la pasión del autor, proporcionando una experiencia literaria enriquecedora. La historia vuelve a estar disponible en Amazon bajo su nuevo título, cerrando así el ciclo de su origen más crudo y desconocido, y emergiendo como un testimonio de crecimiento, transformación y búsqueda de significado.

Querido amigo,

Tu eterno adiós es un invierno imborrable para mí. Aunque no podamos volver a los mismos caminos, el tiempo ya ha tomado su decisión. Sin embargo, confío en que, de alguna manera, tú y yo nos reencontraremos algún día. Tu familia siente profundamente tu ausencia; tu madre, hermanos, amigos y tu amada novia te extrañan enormemente. Entiendo el mensaje: todos debemos seguir adelante. Hasta que el destino nos reúna nuevamente en otra vida.

Con afecto y añoranza, **el escritor que nunca duerme**.

Novelista

ISBN: 978-628-01-0488-1

yeiferorozco.blogspot.com